LA TIRAGO.

Par M. H. de Châteaulin,

ANCIEN COLONEL.

Comme elle court, voyez : par les poudreux sentiers,
Par les gazons tout pleins de touffes d'églantiers,
Par les champs où le pavot brille ;
Par les chemins perdus, par les chemins frayés,
Par les monts, par les bois, par les plaines, voyez
Comme elle court, la jeune fille!

V. Hugo.

III

 **Paris,**

RAYNAL ET CHEZ PESRON, LIBRAIRES,

RUE PAVÉE-SAINT-ANDRÉ, No 13.

1833.

LA VIRAGO.

3306

LA VIRAGO.

Par M. H. de Châteaulin,

ANCIEN COLONEL.

Comme elle court, voyez : par les poudreux sentiers,
Par les gazons tout pleins de touffes d'églantiers,
  Par les champs où le pavot brille ;
Par les chemins perdus, par les chemins frayés,
Par les monts, par les bois, par les plaines, voyez
  Comme elle court la jeune fille !

V. Hugo.

III

Paris,

RAYNAL ET CHEZ PESRON, LIBRAIRES,
RUE PAVÉE-SAINT-ANDRÉ, N° 13.

1833.

LA VIRAGO.

******

CHAPITRE XXVI.

******

Les premières rêveries.

Pour faire plaisir au vieux Pouff, Henriette, le lendemain, alla voir travailler, sous sa direction, les arpenteurs; mais elle était distraite, rêveuse, et dès qu'il lui fut possible de s'échapper, elle gagna la forêt et s'avança lentement vers un banc de gazon qu'elle avait élevé au pied d'un chêne superbe. C'était là sa place favorite ; c'était là que toujours elle venait se reposer au retour de la chasse ou de ses longues promenades.

De cet endroit elle voyait se dérouler à ses pieds, le long du coteau, l'épaisse forêt ; et au bout de la clairière, dans le fond du vallon, elle apercevait les maisons du village avec leurs toits de tuiles rouges, le temple, et à côté le presbytère, couverts d'ardoises ; plus loin, de fraîches collines, des champs, des prairies où paissaient des bestiaux. Autour d'elle régnaient l'obscurité et le silence ; le feuillage formait, au-dessus de sa tête, un dôme si épais, que les rayons du soleil ne pouvaient passer sans perdre de leur éclat, et sans se changer en un doux crépuscule qui portait à la rêverie.

Mais jusqu'alors les rêveries auxquelles
Henriette s'était abandonnée dans cette
douce retraite, n'avaient été que les
riants projets de l'enfance, les idées bi-
zarres ou folles de l'étourderie et de la
gaîté. Aujourd'hui, pour la première
fois, ses pensées avaient quelque chose
de plus grave, et en même temps de
plus tendre et de plus vague. Une molle
langueur s'emparait de tout son être; ses
yeux regardaient sans voir, son oreille
écoutait sans entendre, et son imagination lui présentait mille images fantas-
tiques de bonheur, mille tableaux sédui-
sans de joie et d'amour, qui portaient le
trouble dans son cœur. De profonds soupirs soulevaient son sein agité ; ses bras
s'étendaient comme pour saisir un objet
invisible; puis elle les laissait retomber
en soupirant plus haut encore.

« Où le trouver? » murmuraient ses

lèvres presqu'à son insu; et ses beaux
yeux se remplissaient de larmes. L'exis-
tence lui semblait un fardeau insuppor-
table; les plaisirs qu'elle avait goûtés
jusqu'alors n'excitaient plus que son dédain; elle sentait que les affections qui
avaient si long-temps rempli entièrement
son cœur, ne pouvaient plus lui suffire;
elle éprouvait cet ardent besoin d'aimer,
dont, à dix-huit ans, sont tourmentées
les jeunes filles; et, sans qu'elle s'en dou-
tât, son regard avait déjà cette expression à-la-fois pénétrante et mélancolique
qui porte le trouble dans l'âme des jeunes
gens.

Soudain, effrayée de la vivacité de
ses sensations, Henriette se lève brusquement et prend en toute hâte la route
du château. Elle arrive hors d'haleine,
elle monte avec promptitude chez la
baronne, et s'élance à son cou en s'é-

criant : « Oh ! sauvez-moi, sauvez-moi !

—Qu'as-tu ? que t'est-il donc arrivé ? demande Augustine alarmée.

— Je suis amoureuse ! répond Henriette en cachant sa tête brûlante dans le sein de sa meilleure amie.

— Amoureuse ! Et de qui ? de qui, grand Dieu ?

— Je ne sais pas.

— Tu ne sais pas ? »

Henriette garde le silence. « Explique-toi, je t'en prie ! » dit la baronne avec instance ; et Henriette parvient, non sans peine, à raconter ses rêves, ses souhaits tout nouveaux.

« Tu n'es pas amoureuse, dit la baronne en souriant; mais, mon enfant, veille soigneusement sur toi! Il vient un âge où les passions se développent avec d'autant plus de violence, que le cœur est resté jusqu'alors plus innocent et plus pur. Non, tu n'es pas *amoureuse*....

— Bien sûr?

— Je t'en réponds.

— Je commence à le croire aussi, répliqua Henriette en reprenant quelque gaîté; car, enfin, pour être amoureuse, il faut avoir quelqu'un à aimer, n'est-il pas vrai?

— Sans doute.

— Et je ne connais personne, absolument personne.... Pourtant j'ai vu en rêve.... » Elle s'arrêta.

« Qu'as-tu vu en rêve?

— Oh! c'est quand je rêve éveillée,
comme tout-à-l'heure. Je vois un beau
jeune homme, à la mine fière, aux regards doux et brillans, à la chevelure
brune, toute bouclée.... et il me sourit;
et il me dit qu'il m'aime; alors un frisson me court par tout le corps; mon
cœur bat si fort, si fort.... Ce doit être
pourtant quelque chose de bien doux
que d'aimer de toute son âme!.... et
aussi d'être aimée de même! »

La baronne soupira sans répondre.

« Si vous saviez, reprit Henriette,
comme je suis singulière ce printemps!
Je trouve mon Spielberg plus beau que
jamais; je pleurerais, je mourrais de chagrin, je crois, s'il me fallait le quitter,
et cependant je ne m'y sens pas heu-

reuse et contente comme l'année dernière.... Il me manque quelque chose,
quelque chose que je ne saurais dire ; il
me semble que je n'ai pas assez de choses
à aimer ; et pourtant jamais je n'ai autant chéri, vous, mon père, mes beaux
arbres, mes oiseaux qui viennent à ma
voix à travers le feuillage, mes chiens si
gais et si fidèles, mon fusil..... enfin
tout.

— Ma chère enfant, un peu de distraction t'est nécessaire. Nous partirons,
dès demain, pour Lauterbach.

— Je ne me soucie plus d'y aller.

— Et pourquoi?

— D'abord, parce que je me figure
que vous y serez malade..... que vous
pleurerez en revoyant les boccages où *il*
venait vous trouver ; et puis vous me

diriez : *là, il m'a dit qu'il m'aimait ;
là, il m'a serrée contre son cœur.....* et
cela me ferait du mal, de la peine, je
ne sais quoi; mais je le sens.... oh! oui,
je le sens, car moi je ne pourrais dire
comme vous : *là, il m'a dit qu'il m'aimait !....*

— Nous n'irons point à Lauterbach,
ma chère enfant, » répondit la baronne
qui était plus inquiète qu'elle ne voulait
le montrer, de l'état d'exaltation où elle
voyait Henriette. « Mais, pour prix de
ma complaisance, je te demande de
bannir toutes ces idées qui te tourmen-
tent, et de veiller attentivement sur ton
propre cœur. Mon enfant, je ne veux pas
t'effrayer ; cependant je dois te le dire,
tu es dans l'âge où souvent un moment
décide du destin de toute la vie!

— A quoi me servirait de veiller sur

mon cœur? Ne m'avez-vous pas dit que
l'amour c'est la foudre, c'est le tonnerre
qui brille, éclate et vous frappe, sans
qu'il soit possible de le prévenir et de
s'en défendre!

— Ma chère enfant, il est, tu le sais,
des moyens de se garantir des effets du
tonnerre....

— Oui, mais de ceux de l'amour!...
Ne m'avez-vous pas dit encore que c'est
une passion qui ne connaît ni frein, ni
obstacle, et que rien ne peut dompter?

— Rien ne peut la dompter, sans
doute, quand une fois on s'y est aban-
donné; quand on a cédé aux premiers
mouvemens du cœur, au lieu de les
combattre. La meilleure égide contre les
traits de l'amour, ce sont, mon Henriette,
les occupations de l'esprit et les travaux

manuels qui donnent quelque fatigue.

— Mais vous m'avez dit vous-même
que, dans le temps où vous aimiez votre
Edmond, vous ne pouviez faire autre
chose que de penser à lui; que tout ce
qui vous détournait de son idée vous
était à charge, vous fatiguait, vous im-
portunait.... et pourtant vous aviez bien
des ressources dans l'esprit pour vous
distraire!...

— Où en veux-tu donc venir? demanda la baronne un peu embarrassée.

— Je ne sais pas; ces objections-là se
présentent sans que j'y songe, et je vous
les fais, voilà tout. Voyons, donnez-
moi, petite marraine, un sûr moyen de
résister à l'amour!

— Moi! s'écria la pauvre Augustine
les joues couvertes d'une rougeur sou-

daine. Je ne peux, mon Henriette, que
te prier encore de te tenir sur tes gardes;
que t'avertir des dangers....

— Mais, mon Dieu, quels sont-ils donc
ces dangers? Est - ce qu'il y a du mal à
aimer? est-ce que tout le monde n'aime
pas une fois dans la vie? Quels sont-ils
donc ces dangers ?

— Tu es trop jeune encore pour que
je puisse te dire, t'expliquer..... Tu ne
me comprendrais pas.

— Essayez toujours, car s'il était déjà
trop tard....

— Déjà trop tard!... malheureuse
enfant, que dis-tu là? » et Augustine
attacha son regard pénétrant sur celui
d'Henriette. Elle y lut tant de candeur
et d'innocence, qu'aussitôt elle se sentit

rassurée. « Non, il n'est pas trop tard,
dit-elle avec un doux sourire ; non, tu
ne connais pas encore le dangereux pouvoir de l'amour. Tu n'en as qu'une faible
idée ; quelques rêveries seulement ont
fait battre ton cœur.

— Mon Dieu oui, répondit Henriette
en soupirant ; mais je vous en prie, dites-
moi tout de suite quels sont ces dangers
dont vous venez de parler; vous m'avez dit
un jour, et tout-à-l'heure encore, qu'il
suffisait d'un moment pour perdre le repos
de toute sa vie : vous voyez donc bien
qu'il faut m'instruire de ces dangers in-
connus, puisqu'ils me menacent à chaque
instant.

— Ma chère Henriette, il te suffit d'en
être avertie pour que tu exerces sur toi-
même une surveillance plus active et
plus sûre que la mienne. Ce n'est point

un mal, ce n'est point un crime d'aimer,
entends-tu ? Eprouver le besoin de trouver un cœur qui réponde au sien, est
un sentiment tout naturel ; mais ce qui
fait le malheur de toute la vie, c'est
d'aimer quelqu'un qui n'en est pas digne,
ou bien quelqu'un dont mille obstacles
nous séparent ; et c'est alors, mon enfant, que naissent ces dangers que vainement je chercherais à te faire connaître.
Si, lorsque je donnai mon amour à Edmond, une amie, une amie sincère m'eût
avertie, m'eût dit que je ne pourrais jamais être à lui, j'aurais trouvé probablement la force de le fuir.... et je ne
serais pas aujourd'hui condamnée à des
larmes éternelles. Je peux, je veux être
pour toi cette amie ; mais tu dois me promettre de nouveau une confiance entière !

— Oh ! je vous la promets, et de
grand cœur.

—Tu m'avertiras de tout ce qui se passera d'extraordinaire en toi?

— De tout absolument.

—Tu ne me cacheras aucune de tes pensées ?

— Aucune.

—Je compte sur tes promesses. Mais surtout, Henriette, ne t'endors pas dans une trompeuse sécurité !

—Non, je ne m'endormirai pas, vous pouvez en être bien certaine, » répondit Henriette, qui avait déjà repris sa gaîté ; et, quelques instans après, elle chantait son vieux refrain :

« Non, non, je n'ai pas d'amour,
Liron, lirette ;
Ah! vraiment, je ris des amours,
Et j'en rirai toujours. »

Mais, hélas! de l'amour on ne rit pas

toujours ; c'est alors même qu'on le brave
le plus hardiment, qu'il tire de son car-
quois un trait aigu, et qu'il se dit avec
un perfide sourire : « *Rira bien qui rira
le dernier !* »

******

CHAPITRE XXVII.

******

Une Apparition.

Il n'est rien de plus joli à voir, à notre avis, qu'une jeune fille dormant sur l'herbe, la tête appuyée contre le tronc d'un chêne majestueux la couvrant de son ombre protectrice ; si la jeune fille

est belle, si ses joues brillent de couleurs vermeilles; si des boucles nom-
breuses, naturelles et bien brunes; s'é-
chappent en désordre de dessous son
chapeau à moitié tombé en arrière, et
viennent flotter sur son sein qui s'élève
et s'abaisse doucement; si les plis d'une
robe légère dessinent les heureux con-
tours d'une taille fine et bien prise, d'un
corps élégant et bien proportionné; si
tout cela, se trouvant éclairé d'une manière pittoresque par les rayons d'un
soleil couchant, se détache sur la sombre
verdure des épais buissons déjà dans
l'ombre; et si enfin ce séduisant tableau
se présente inopinément aux regards d'un
homme de vingt-quatre ans, qu'y a-t-il
d'étonnant à ce qu'il s'arrête étonné,
ravi; à ce qu'appuyant son bras sur son
fusil de chasse, il demeure en contem-
plation, en murmurant comme malgré
lui : « Dieu! qu'elle est belle ! »

Voilà justement ce qui était arrivé à
un jeune chasseur égaré dans les bois du
vieux Spielberg, le soir d'un jour de printemps où la chaleur avait été très vive.
Depuis une bonne heure il admirait Henriette, dormant au pied de son chêne
avec tout l'abandon, avec toute la sécurité de l'innocence. Le chien, qui accompagnait le jeune chasseur, était aussi
immobile que son maître; c'était lui qui
l'avait conduit en ce lieu; mais ses aboie-
mens n'avaient pu réveiller la jeune fille.
Pour la première fois de sa vie, Henriette s'étant trouvée accablée par l'air
étouffant et par une lassitude singulière,
avait cédé involontairement au sommeil.

« C'est elle, ce doit être elle! » se disait à part lui le jeune chasseur, ravi,
ému de ce qu'il voyait et de ce qu'il
devinait. « Sa beauté, ajoutait-il, n'est
pas au-dessous de sa renommée! » Et

il se disait bien d'autres choses encore;
et ces choses-là donnaient à son regard
une expression si animée, qu'Henriette,
ouvrant les yeux soudain, demeura
comme fascinée en le rencontrant, ce
regard, fixé sur elle.

D'abord elle crut être le jouet d'un
songe qui venait la bercer délicieuse-
ment : tout émue, elle contemplait à
son tour cette figure noble et fière qu'elle
prenait pour une vision, pour un être
fantastique ; et elle se pénétrait d'autant
plus de cette croyance, qu'elle retrou-
vait, dans le jeune chasseur, l'*idéal* que
son imagination lui avait tant de fois présenté dans le sommeil et dans la veille.
Son cœur battait violemment, ses joues
brûlaient, un doux frisson parcourait
ses veines ; elle craignait, en faisant un
mouvement, de voir disparaître cette
vision enchanteresse.... Mais involontai-

rement son regard se détourna, se baissa, puis se releva, se baissa encore....

« Dors en paix, ange du Ciel! dit une voix tendre et sonore. Dors en paix, je veille sur toi! »

Henriette se lève aussitôt; elle est tremblante; l'inquiétude, l'étonnement, l'effroi se succèdent sur sa physionomie mobile. Le jeune chasseur fait un pas vers elle.... Henriette jette un cri et fuit avec la rapidité du chevreuil.

En peu d'instans elle a franchi l'espace qui la sépare de l'avenue de marronniers qui conduit au château; peu d'instans lui suffisent pour la parcourir, pour traverser les cours et pour arriver dans la salle basse où la baronne est seule. Hors d'haleine, elle se laisse tomber sur un siége, se couvre la figure de ses deux mains, et fond en larmes.

Vainement Augustine la questionne, l'interroge d'une manière pressante ; Henriette se tait et pleure.

« Je l'ai vu ! dit-elle enfin d'une voix étouffée.

— Qui ?... Dis donc, Henriette, qui as-tu donc vu ?

— Lui !... celui que j'aime !... celui que je porte dans ma pensée et dans mon cœur !... Il était là.... là.... debout, devant moi !... Oh ! ce n'est pas ma faute si je me suis endormie, si j'ai oublié votre défense....

— Ma défense !... Je ne te comprends pas.

— Vous m'aviez défendu de m'endormir.... »

La baronne ne put s'empêcher de sourire, et dit avec bonté : « Calme-toi. Si un autre que moi t'entendait, on te prendrait pour une folle.... ou bien peut-être on douterait de ta sincérité !.... Voyons, que t'est-il arrivé ?

— J'étais fatiguée, dit Henriette agitée encore d'un tremblement involontaire ; ma tête était pesante ; pour la première fois de ma vie, mes jambes ne voulaient plus me porter ; mes yeux se fermaient malgré moi.... Je m'assis au pied de mon chêne.... vous savez ?... et aussitôt je m'endormis.

— Ce n'est pas sans doute la première fois que tu as dormi au pied de ton chêne ?

— Ah ! c'est la première fois !.. Depuis quelque temps je suis.... toute je ne sais comment. »

Et Henriette soupira ; puis elle ajouta presque aussitôt : « Je ne me reconnais plus, je vous assure. Encore l'année dernière, je courais sous le soleil, dans les champs, partout, sans me sentir jamais lasse, sans avoir jamais envie de m'arrêter..... Mais aujourd'hui..... oh ! je n'en pouvais plus ! l'air me semblait si lourd !... mon cœur aussi ! Pour un rien, j'aurais pleuré dès en m'éveillant.... Et tenez, voilà que je pleure encore. »

Et réellement elle pleurait, elle tremblait de tous ses membres ; la pâleur et la rougeur se succédaient avec rapidité sur ses joues ; les efforts d'Augustine pour la calmer n'amenaient aucun résultat.

« Cet homme t'a effrayée, dit la baronne du ton du mécontentement.

— Effrayée ! Oh ! non, je ne suis pas

poltronne, vous le savez bien ; mais son regard m'a fait l'effet.... d'une flèche qui m'aurait traversé le cœur.... Tenez, bien des hommes m'ont regardée.... mais pas un ne m'a regardée comme celui-là !... J'ai senti au cœur quelque chose de si douloureux.... et en même temps de si doux.... Je me suis enfuie.... et pourtant j'aurais voulu rester.

— T'a-t-il parlé ?

— Je crois que oui.

— Tu ne te souviens donc pas de ce qu'il t'a dit ?

— Oh ! mon Dieu non ; je me souviens seulement que cela a fait à mon oreille comme une musique céleste.

— Ma chère enfant, ta tête est mon-

tée d'une manière bien singulière. Il ne
faut point te laisser aller ainsi à des
idées extravagantes, aux rêves de ton
imagination. Un songe t'occupait probablement pendant ton sommeil; en
t'éveillant, tu as vu devant toi quelqu'un que tu ne connais pas; tu t'es
alarmée, tu t'es effrayée, je le répète, et
en vérité il n'y avait pas de quoi. »

Henriette se taisait; la baronne la regardait avec attention, et s'étonnait de
l'agitation extrême où elle la voyait.

« Cet homme était-il jeune? de-
manda-t-elle encore.

— Je n'en sais rien.... Oui, oui,
jeune; jeune et beau.... avec une mine
fière, avec un air de roi.... un air.... un
air que je n'ai encore vu à personne.

— Comment était-il vêtu?

— En chasseur....

— Et tu ne le connais pas du tout?

— Je ne l'ai vu que dans mes rêves.

— Tu te le figures.

— Oh ! c'est la vérité. Quand je cherchais en moi-même comment devait être celui que j'aimerais, je m'imaginais toujours un grand et beau jeune homme, avec des cheveux noirs tout bouclés, avec un teint brun, des yeux...... des yeux..... comme les siens; avec un air fier, avec un sourire doux.... Oui, vous pouvez m'en croire, je l'ai vu dans ma tête comme je viens de le voir tout-à-l'heure, appuyé sur son fusil, me regardant comme il m'a regardée.... et ayant son chien couché à ses pieds....

— Ma chère Henriette, voilà la se-

2..

conde fois que tu m'épouvantes, et pour
rien. Ta tête est montée ; si tu ne par-
viens pas à t'en rendre maîtresse, elle
te jouera quelque mauvais tour. Veille
donc sur toi-même. Au lieu de te livrer
à des pensées qui troublent ta raison et
ton repos, travaille à t'en distraire. Mon
enfant, l'imagination peut faire autant
de mal, causer autant de désordre que
l'amour lui-même. Prends ton ouvrage,
assieds-toi là, à mes côtés, et parlons
raisonnablement. »

Henriette obéit ; mais, malgré elle,
elle était distraite, préoccupée, et souvent elle n'entendait pas un seul mot de
ce qu'Augustine lui disait.

Le soir, quand elle se trouva seule
enfin dans sa chambre, elle s'assit auprès
de la fenêtre et se laissa aller à une profonde rêverie. Le zéphir lui apportait

le parfum des fleurs; elle sentait son
âme s'amollir, et les battemens de son
cœur devenir plus précipités. Ses yeux
étaient fermés; mais elle voyait distinc-
tement le jeune chasseur debout devant
elle..... et bientôt à ce souvenir succédaient les images les plus séduisantes.
Une voix, cette voix qu'elle avait à peine
entendue, disait : « Je t'aime! » et Henriette tressaillait. Dans les champs, dans
les bois, partout elle rencontrait le
jeune chasseur; partout elle se trouvait
à ses côtés; partout il l'accompagnait :
appuyée sur son bras, elle marchait lentement, prêtant l'oreille aux doux ser-
mens d'amour; puis elle s'asseyait avec
lui au pied de son vieux chêne; elle
laissait aller sa tête sur l'épaule de son
ami; il la serrait contre lui avec tendresse; il l'appelait son Henriette...., et
elle disait aussi : « Je t'aime! »

Il était près de minuit lorsqu'Henriette sortit en sursaut de cette dange-
reuse rêverie; jamais encore elle n'avait
veillé si tard. Tout reposait dans le château comme dans le village ; on n'entendait que le faible murmure des insectes
s'agitant sous l'herbe, et le son lointain
de l'horloge du vieux manoir annonçant
avec lenteur et solennité, sur son tim-
bre argentin, l'heure avancée de la nuit.

Henriette se mit à la fenêtre; elle n'a-
vait nulle envie d'aller chercher le repos
sous ses rideaux de soie. Les yeux le-
vés vers le Ciel, elle soupirait et pleurait doucement. Son agitation avait cessé;
ce qu'elle éprouvait en ce moment était
un sentiment vague et délicieux, jusqu'alors inconnu.

Il lui semblait qu'elle n'était plus seule

sur la terre; il y avait dans le vaste uni-
vers une âme qui répondait à son âme,
un être qui souhaitait son amour comme
elle souhaitait le sien. Aucune inquiétude ne se mêlait à cette sensation de
bonheur inexprimable et toute nouvelle;
car Henriette, sans se le dire, était certaine de revoir le jeune chasseur; elle
ignorait quand et comment le hasard les
réunirait; mais, bien certainement, ils
se retrouveraient ensemble....

Fatiguée de penser, de rêver et de
sentir, la jeune fille ferma enfin la fenêtre, et, quelques minutes après, le
sommeil lui rendait ses songes d'amour,
et réalisait ses espérances et ses désirs les
plus chers.

******

CHAPITRE XXVIII.

******

Fin contre fin.

« Henriette vient bien tard aujour-
d'hui, dit le vieux Pouff à sa femme le
lendemain de ce jour dont la jeune fille
devait garder à jamais le souvenir.

2...

—C'est que madame la baronne l'aura retenue auprès d'elle, répondit la douce Eusebia d'une voix plus aigre que jamais. Mais qui est-ce qui nous arrive là ? »

Eusebia, tenant à la main une tasse qu'elle essuyait; le vieux forestier, fumant paisiblement une pipe dans son grand fauteuil, tournèrent à-la-fois la tête vers la personne qui venait d'entrer, après avoir légèrement frappé à la porte toute grande ouverte.

C'était un jeune homme en habit de chasse, le fusil sous le bras, et suivi d'un chien superbe.

« C'est à monsieur Jean Pouff, forestier en chef, dit-il en s'inclinant poliment, que je voudrais parler.

— C'est moi-même, » répondit le

vieux Pouff, qui porta la main à son bonnet et ôta sa pipe de sa bouche pour mieux regarder l'étranger. « Qu'y a-t-il pour votre service ?

— Si Monsieur voulait se donner la peine de s'asseoir, » dit à son tour Eusebia. Elle avait vu, d'un coup-d'œil, que les vêtemens du chasseur étaient faits de fort beau drap, et que tout son extérieur annonçait l'opulence.

« Volontiers, répondit le jeune homme, » qui se plaça en face du vieux forestier ; celui-ci avait recommencé à fumer, et il se disait à part lui : « Mille tonnerres ! le beau garçon ! droit comme un peuplier, fier comme un chêne, leste comme un chevreuil, et l'air bon enfant, quoique pourtant on puisse deviner qu'il ne se laisserait pas marcher sur le pied. »

Le jeune étranger paraissait embar-

rassé de la manière dont il entamerait
la conversation. Eusebia vint obligeam-
ment à son secours.

« Ce sont des affaires ou des plaisirs
qui amènent Monsieur en ce pays? dit-
elle d'un air engageant.

— C'est le désir, répondit le jeune
homme, de trouver quelqu'un qui veuille
prendre la peine de fortifier, par la pratique, la théorie acquise dans les livres
sur tout ce que comprend l'emploi d'ins-
pecteur des eaux-et-forêts.

— Ha! ha, dit le vieux Pouff. Vous
avez étudié cette partie ?

— Oui, dans les livres. »

Le forestier haussa les épaules, et le
jeune homme reprit ainsi : « Je vais al-

ler au fait en peu de mots. La réputa-
tion bien établie du forestier en chef de
la comtesse de Turneisenn, m'a engagé
à venir le trouver pour le prier de me
prendre chez lui comme adjoint.

— Vous êtes bien honnête, Monsieur,
dit Eusebia en faisant une belle révé-
rance. Remercie donc Monsieur de la
bonne idée qu'il a de toi!

— Bien obligé, répondit Jean Pouff
d'un ton assez moqueur.

— Que ce mot d'*adjoint* ne vous
alarme point, continua le jeune étranger;
mon ambition se borne à étudier sous
votre direction....

— C'est trop d'honneur, en vérité!...
Mais, je dois vous le dire tout d'abord,
je ne veux prendre ni aide ni adjoint;

primo, parce que jé n'en ai pas besoin; *secondo*, parce que les temps sont durs...

— Qu'à cela ne tienne; dit vivement le jeune chasseur. Je ne vous demande rien, et j'ose même vous promettre que le produit de ma chasse couvrira les frais de ma pension, car je suis assez bon tireur.

— J'espère, s'écria Eusebia, que voilà une occasion dont tu ne trouveras jamais la pareille!

— Ecoutez, jeune homme, dit le vieux Pouff d'un ton sérieux, je veux être franc avec vous. Oui, les temps sont durs, à cause de la guerre que fait notre grand roi; cependant on ne s'en ressent pas trop dans ce petit coin de terre, attendu que le paysan n'a pas de militaires à loger, à nourrir, et moi qui

vous parle, j'aurais tort de chanter mi-
sère, car enfin Son Excellence, que Dieu
conserve, me donne maintenant par an
cinquante thalers de plus et six minots
de bon grain, afin que je puisse prendre
un aide et me soulager dans ma besogne....

— A quoi bon lui dire tout cela! »
murmura Eusebia en faisant la moue.

Son mari, sans paraître l'entendre,
poursuivit de la sorte : « Oui, voilà ce
que notre gracieuse dame fait pour moi,
vieux serviteur, vieux renard édenté; et
cela, parce que, l'hiver dernier, je ne
battais plus que d'une aile; mais me
voilà, Dieu merci, remonté sur ma bête,
et en état de faire la besogne de l'adjoint; je mets donc celui-ci au croc,
l'argent dans ma poche, et le blé dans

ma grange; comme cela le profit est plus grand.

— C'est à merveille, répliqua le jeune chasseur en souriant. Mais si vous trouviez quelqu'un, là, un bon enfant, pas trop sot, plein de bonne volonté, ayant quelque talent, et qui, au lieu de rien demander, apporterait sa cote-part pour les dépenses de la maison; un élève enfin qui paierait volontiers les leçons de votre expérience, n'auriez-vous pas un petit coin à lui donner, une place pour lui à votre table?...

— Mon Dieu non ! répondit Jean Pouff d'un air de bonhomie.

— Qu'est-ce que tu dis donc? s'écrie la dame Eusebia, dont les yeux brillaient d'un vif éclat.

— Je dis ce qui est.

— Mais avant de refuser comme ça les gens, on leur donne le temps de parler, de s'expliquer.

— A quoi bon des paroles inutiles? Tu sais bien, femme, que la chose n'est pas possible.

— Rien n'est impossible, dit le jeune étranger, à quiconque possède la ferme volonté de lever tous les obstacles. Veuillez m'entendre, vous déciderez après.

— C'est trop juste! » s'écrie Eusebia en rapprochant sa chaise basse de celle plus haute sur laquelle était assis le chasseur.

« On me nomme Ernest Waller, dit-il.

— Avez-vous vos parens ? demanda Eusebia.

— Je n'ai jamais connu mon père.

— Pauvre jeune homme! Et votre mère?

— J'en fus séparé dès l'âge le plus tendre; mais possédant quelque fortune, et ayant pour tuteur un brave et honnête homme, j'ai été élevé avec soin. Entraîné, par l'attrait que les combats inspirent aux jeunes gens, sur le théâtre de la guerre, j'ai eu bientôt assez cependant de ces scènes de désolation et de carnage, et j'ai senti naître, au milieu du fracas des armes, le désir, le besoin plutôt de la solitude et du repos. Depuis quelques mois je voyage, cherchant en quel lieu me fixer; ayant entendu vanter ce pays, ses sites pittores-

ues, l'humeur paisible de ses habitans,
j'ai tourné mes pas de ce côté : c'est alors
qu'on m'a parlé du forestier en chef de
la comtesse de Turneisenn ; ce qu'on
m'en a dit m'a intéressé ; j'ai voulu le
voir ; et maintenant je souhaite d'obtenir
chez lui l'hospitalité, soit comme son
adjoint, soit comme amateur de la
chasse »

Jean Pouff s'inclina légèrement ; sa
figure avait une expression singulière ;
c'était un mélange de naïveté feinte et
de raillerie mal déguisée, dont le jeune
chasseur ne savait trop que penser.

« Eh ! bien, cela peut s'arranger, dit
usebía tout-à-fait bien disposée en fa-
veur de Waller.

— Cela ne peut pas s'arranger, répliqua le forestier d'un ton paisible.

— Pourquoi pas? N'avons-nous pas
la petite chambre qui donne sur le jardin? On y mettra un lit, deux chaises,
une table....

— On n'y mettra rien du tout. La
maison ne m'appartient pas.

— Jour de ma vie! s'écrie Eusebia,
a-t-on jamais vu pareille chose! Tu es
sans âme et sans humanité. Ce jeune
homme n'a ni père ni mère; il cherche
une maison où il puisse vivre honnêtement avec de braves gens qui l'aiment,
qui le traitent comme leur enfant, et tu
veux lui fermer ta porte!

— Cette porte n'est pas la mienne, pas
plus que la maison.... Mort diable! ne
me comprends-tu pas?

— Je serais fâché, dit Waller en se

levant, d'être la cause involontaire de
discussions qui troubleraient le bon accord....

— Oh! quant au bon accord, reprit
Jean Pouff avec vivacité et en se levant
aussi, c'est une chose qu'on ne connaît
plus ici depuis longues années. Voici,
en deux mots, toute l'affaire. Cette maison, comme le reste, appartient à Son
Excellence; je n'y peux loger personne
sans sa permission....

— Et parbleu! je vais l'aller demander, s'écria Eusebia.

— Et à qui, puisque Son Excellence
est en voyage?

— A madame la baronne, ou bien
à l'intendant....

— Peste soit des femmes! lorsqu'elles

ont quelque chose dans la tête, elles ne l'ont pas au talon !

— Peste soit des hommes ! et de toi surtout, qui ne sais te décider à rien.

— Je vois à regret, dit Waller en prenant son chapeau qu'il avait posé sur la table, que mon espoir.... »

Il s'arrêta stupéfait à la vue d'Henriette, qui demeura à son tour immobile et muette de surprise sur le seuil de la porte. Une vive rougeur avait, au même instant, coloré les joues de tous les deux; leurs cœurs battaient vivement et à l'unisson; mais tandis qu'Henriette baissait les yeux en détournant la tête, Waller la dévorait de ses regards animés et étincelans:

« Entre donc, » dit Eusebia.

Henriette entra, fit une révérence fort gauche, et disparut aussitôt par la porte du fond.

Waller était troublé ; il eut recours à son mouchoir, dont il s'essuya la figure pour cacher son émotion, et Jean Pouff s'enfonça dans son grand fauteuil, non pas avec humeur, car le jeune chasseur lui plaisait en dépit de lui-même, mais avec un air de gravité tout-à-fait imposant.

Quelque préoccupée que fût Eusebia, par l'agréable pensée d'avoir un pensionnaire *payant*, elle comprit cependant le signe d'intelligence que fit son mari, en désignant du doigt la porte par laquelle Henriette s'était retirée ; et elle devina enfin le motif qui l'avait engagé à répondre par un refus aux prières du jeune homme. Comme elle savait que

Pouff ne badinait pas lorsqu'il s'agissait d'Henriette, et que vainement elle cher- cherait à le ramener à sa manière de penser au sujet des *amoureux,* la pru- dente Eusebia prit son parti, mais en se lamentant hautement sur la contra- riété qu'elle éprouvait de ce que l'ab- sence de la comtesse la mettait hors d'état d'offrir l'hospitalité à M. Waller, comme c'était son plus cher désir.

« Je l'aurais souhaité aussi, et de tout mon cœur, » dit le forestier, entraîné par sa bonté naturelle et par l'attrait qu'il se sentait pour Waller; « vous pouvez m'en croire, camarade ! » ajouta-t-il en lui tendant la main ; cette main fut sai- sie et serrée avec cordialité et reconnais- sance. « Mais, dit-il encore, quoique je sois maître dans ma baraque, cette baraque, je le répète, ne m'appartenant pas, je ne peux y caser un étranger.

Excusez-moi, et comptez, qu'en toute autre circonstance, j'aurais du plaisir à vous rendre service, car je me sens disposé à devenir de vos amis.

— Je vous remercie de cette assurance, dit Waller d'un ton noble et fier; elle m'est la preuve que vous me regardez comme un galant homme; je saurai vous prouver que vous ne vous trompez pas. Le désir que vous témoignez de m'être utile par la suite, me donne la certitude que, si vous me refusez pour votre hôte, vous me verrez du moins quelquefois avec plaisir comme ami!

— C'est vrai; et, comme c'est la vérité, je dois vous la dire, quoi qu'il en puisse arriver.

— Il n'en arrivera rien de fâcheux, répliqua Waller en riant, si ce n'est quelques assauts livrés à l'heure du dîner au produit de votre chasse....

— Et à notre café ! » s'écrie Eusebia, enchantée de la tournure que prenaient les choses. « Faites-nous le plaisir de partager notre déjeuner ? »

Waller refusa sans hésiter, et Jean Pouff lui sut gré de sa réserve; cependant un peu de méfiance s'étant encore glissée dans son âme, il répondit assez froidement aux témoignages d'affection que lui donnait le jeune chasseur. Celui-ci feignit de ne pas s'en apercevoir, et annonça l'intention de revenir très incessamment.

— Quand il vous plaira, repartit le forestier. Mais j'ai peur que vous n'ayez bientôt assez du radotage d'un vieux bonhomme comme moi.... Sans adieu donc, puisque vous le voulez ! »

On se serra encore une fois la main, et les deux époux conduisirent leur nouvelle connaissance jusqu'à la porte de la maison. Ils restèrent assez long-temps à suivre des yeux le jeune chasseur : lorsqu'enfin Waller eut disparu, Pouff rentra le premier, et alla reprendre sa place en hochant de la tête, et en murmurant : « *Fin contre fin, c'est mauvaise doublure.* »

CHAPITRE XXIX.

Le vieux Renard.

« Le joli garçon ! s'écria Eusebia, qui reprit une à une les tasses placées sur la table, pour achever de les essuyer.

— Dis cela encore plus haut, afin

qu'Henriette y fasse bien attention ! répliqua Pouff d'un ton d'humeur.

—Henriette est partie, il y a ma foi long-temps !

— Comment le sais-tu ?

— Pardi, ne l'ai-je pas vue sauter par-dessus la haie du jardin !

—Hum ! » dit le forestier ; et il hocha encore de la tête d'une façon très significative.

« Je ne vois pas du tout, reprit Eusebia, pourquoi tu n'as point voulu recevoir chez nous ce jeune homme.

—Ah ! tu ne vois pas pourquoi ? Eh ! bien, moi, je le vois. Penses-tu qu'il y ait un mot de vrai dans ce qu'il nous a dit? Penses-tu que ce soit uniquement le désir de s'instruire auprès de moi, qui l'ait amené ici?

— Eh! bien, quand ce ne serait pas tout-à-fait pour cela, je ne vois point encore où serait le mal. Ne faut-il pas qu'Henriette se marie un jour ou l'autre? Ne faut-il pas que, pour cela, on la recherche, comme c'est la coutume? Et monsieur Waller ne s'annonce-t-il pas comme un garçon bien élevé, et qui a de l'argent par devers lui?

— Eh! maugrebleu! faut-il donc s'en rapporter au chant de l'oiseau et à son plumage?

— Mais, il me semble, que c'est le meilleur moyen de savoir si l'on a affaire à un coq ou à un dindon.

— Tata, ta!

— C'est pourtant la vérité. D'ailleurs, tu auras beau faire, si telle est la volonté de Dieu....

— Propos de caillette. Henriette n'a qu'à devenir un vaurien, et tu diras peut-être alors aussi que c'était la volonté de Dieu !

—Ah ! ça, mais puisque tu ne voulais pas de lui dans la maison, pourquoi l'as-tu invité à revenir ?

— Il s'y est bien invité tout seul.

— Tu pouvais dire *non*.

—Je n'avais pas de motif réel de répondre par la grossièreté à sa politesse. D'ailleurs, quelques visites de temps en temps ne peuvent avoir la même conséquence que l'habitation sous le même toit. Il y a cent à parier contre un, qu'Henriette le rencontrera rarement; à moins qu'elle ne sache à l'avance les jours où il viendra me voir; au lieu que si nous l'avions eu à demeure ici....

— Comme si elle ne pouvait pas le rencontrer ailleurs!

— Maudite soit ta langue, vieille entêtée !

— Le diable est bien malin, repartit Eusebia en riant.

— Et le diable seul peut rire de pensées semblables à celles qui te viennent à l'esprit, repartit le vieux Pouff d'un ton bourru.

—Tu ne serais pas le premier barbon auquel l'amour aurait joué quelqu'un de ses tours !

3...

— Mille tonnerres! veux-tu te taire, oiseau de malheur !

— C'est que, vois-tu, il est souvent plus sage de laisser les choses suivre leur cours, que de vouloir mettre des barrières....

— Ah! ça, as-tu bientôt tout dit?

— Non, je n'ai pas tout dit; car cela crie vengeance, que de te voir rejeter, comme tu fais, toutes les bonnes occasions qui se présentent d'arrondir ta bourse, sans faire de tort à personne. Ce jeune homme, j'en suis sûre, aurait payé ce que tu aurais voulu pour devenir ton adjoint, ton pensionnaire, n'importe lequel.

— Oui, et si la chose avait déplu à Son Excellence, on nous aurait mis à la

porte.... En voilà bien assez là - dessus.
Je suis le maître ici! Entends-fu bien,
dragon femelle? »

Eusebia haussa légèrement l'épaule;
et riant sous cape de cette assertion
qu'elle jugeait peu fondée, elle ne dai-
gna pas la relever. Quelques momens
après, le vieux Pouff était parti pour
aller voir ses travailleurs.

Henriette, cependant, après avoir
quitté la maison de son père adoptif,
s'était arrêtée à quelque distance derrière un bouquet d'arbres, et là, assise
sur le gazon, elle passait entre ses doigts
les brins d'herbe que sa main arrachait
machinalement autour d'elle. Elle aurait
bien voulu savoir dans quel but le beau
chasseur était venu chez le forestier, et
de quelle façon il en avait été reçu. Mais
le moyen de s'en instruire sans le deman-

der, et le moyen de le demander sans
que la couleur de ses joues ne trahît
l'émotion vive et profonde qu'elle éprouvait, rien qu'en songeant à lui?

A travers le feuillage, Henriette aperçut le jeune Waller qui sortait de chez
son père; tout son sang reflua vers son
cœur et vers son joli visage, qu'elle ca-
cha dans ses deux mains, par l'effet d'un
de ces mouvemens aussi rapides qu'inex-
plicables, qui nous font agir en dépit
même de notre volonté. Ce fut en trem-
blant qu'elle leva la tête, quand elle
présuma que l'étranger était passé; et
elle demeura à cette place, immobile et
pensive, mais heureuse cependant; oui,
heureuse, quoiqu'elle ne pût se rendre
compte du sentiment qui occupait si dé-
licieusement son âme.

Une demi-heure s'écoula; Jean Pouff

parut à son tour; Henriette, le cœur palpitant, le suivit des yeux tant qu'elle put le voir; et vers le milieu du jour seulement, elle alla le rejoindre dans la forêt, en évitant de s'approcher de sa retraite favorite. Quelque chose lui disait que le jeune chasseur y était en ce moment, et ce sentiment de pudeur, que portent en elles-mêmes les jeunes filles, lui disait aussi qu'elle ne devait pas avoir l'air de le chercher, quoique dans le fond elle en brûlât d'envie.

Pouff la reçut comme à l'ordinaire; il sut l'occuper jusqu'à l'heure du repas, et tous deux s'en revinrent ensemble trouver Eusebia.

« Ah! te voilà, Henriette, » dit madame Pouff, que la réflexion n'avait pas rendue meilleure que de coutume. «Pourquoi donc, ce matin, n'as-tu fait que paraître et disparaître comme un esprit ?

—Mon père était en affaire, » répondit Henriette, dont les joues en feu trahissaient l'agitation. « J'ai pensé..... j'ai craint.... » Elle n'acheva pas, et se mit à table sans oser lever les yeux.

Le forestier avait formé le projet de ne parler de rien à Henriette ; mais, grâces à la malice de sa femme, la glace étant rompue, il résolut de profiter de l'occasion pour éclaircir certains soupçons qui s'étaient présentés à lui.

« Oui, j'étais en affaire, » dit-il au moment où Eusebia ouvrait la bouche pour faire une nouvelle question à Henriette. « Ce jeune homme que tu as vu ici, venait s'offrir pour être mon adjoint.

— Ah ! dit Henriette qui tenait la tête baissée.

— Ou ton pensionnaire, ajouta Eusebia.

— C'est un joli garçon, n'est-ce pas, Henriette ? » demanda Pouff en attachant les yeux sur elle.

Henriette hésita, et, toute troublée, elle répondit : « Je n'ai.... fait.... que l'entrevoir.... en passant.

— Tu le verras bientôt tout à ton aise ; car, en y réfléchissant, je crois qu'on peut en effet lui donner la petite chambre d'en haut, celle qui a vue du côté du jardin.

— C'est ce que j'ai dit tout de suite ! » s'écrie Eusebia ravie de ce que son mari était enfin devenu *raisonnable*.

« Si tu pouvais, » reprit le malin vieillard en s'adressant à Henriette, « si tu
pouvais rester avec nous jusqu'à demain
soir, je te chargerais d'arranger cette
chambre....

— Oh ! bien volontiers ! répondit
Henriette avec un regard où brillait la
joie la plus vive.

— Mais, reprit le forestier, la baronne
ne sera-t-elle pas mécontente que tu la
laisses seule deux jours entiers ?

— Pas du tout ; elle est si bonne !

— Puisqu'elle est si bonne, comment
se fait-il que, dimanche dernier, tu
n'aies pas osé lui demander la permission
de nous donner toute la journée ? »

Henriette, à cette question, resta embarrassée. Pouff la regardait et s'amusait de sa confusion.

« De quelle façon arrangerons-nous cette chambre ? dit-il après un moment de silence.

— Oh ! j'aurai au château tout ce qu'il faudra pour la bien meubler, s'écria Henriette. Vous verrez comme elle sera jolie !

— Hum ! dit Pouff entre ses dents. Voilà qui est singulier ; tu n'as jamais songé à nous procurer, *à nous*, quelques petits meubles qui nous manquent, et aujourd'hui tu trouves tout simple de demander à l'intendant de quoi garnir cette chambre et l'arranger comme il faut ! »

La remarque du vieillard acheva de

déconcerter la pauvre Henriette ; elle n
savait quelle contenance tenir. Eusebi
ne disait mot ; sa satisfaction était déj`
passée, parce qu'elle avait le secret pres
sentiment que son mari, n'ayant pa
changé d'avis, ne disait tout cela qu
pour tourmenter Henriette.

« Ainsi donc, reprit le forestier, tu a
vu ce jeune homme aujourd'hui pour l
première fois ? »

La pauvre fille baissa encore plus l
tête, et balbutia quelques mots que per
sonne n'entendit ; mais soudain, repre
nant courage, elle raconta avec beau
coup de franchise la rencontre de l
veille, sans cependant parler de ses ter
reurs, de ses émotions si vives, et d
ses rêveries si longues et si douces.

« Comment se fait-il, demanda en

core l'impitoyable Pouff, que tu l'aies si aisément reconnu, n'ayant fait, pour ainsi dire, que l'entrevoir hier ?

— Je n'en sais rien, répondit naïvement Henriette.

— C'est probablement son chien qui t'aura aidée à le reconnaître. Ce chien est, en effet, de toute beauté.... Donne-moi ma pipe, Henriette. »

La jeune fille la lui apporta avec empressement, et, tout en fumant, tout en causant, Jean Pouff s'endormit dans son grand fauteuil.

Eusebia ayant achevé de desservir, fit signe à Henriette ; elles sortirent ensemble, allèrent s'asseoir dans le jardin, et ce fut alors que la prudente madame Pouff jeta tant qu'elle put de l'huile sur

le feu, en racontant les instances ‹
M. Ernest Waller, pour devenir le cor
mensal de la maison. Elle blâma hau
tement les refus de son mari, et termir
en disant : « C'est par méchanceté qu'il t
priée d'arranger la chambre du jardin
car, vois-tu, M. Waller ne viendra p;
loger ici, quelqu'envie qu'il en ait ; ma
il a promis de nous rendre visite, et
suis sûre de le voir arriver dès d‹
main. »

Henriette, ne sachant que répondr
se taisait ; mais la certitude d'être aim
pénétrait doucement dans son cœur,
le remplissait de la félicité la plus pr
fonde et la plus pure. Elle fut sérieu
et absorbée en elle-même le reste
jour, et en même temps empressée a
près de son père.

« Eh ! bien, tu ne retournes pas

château ? lui dit-il à l'approche de la nuit.

— Non, répondit Henriette en rougissant. J'ai envoyé prévenir la baronne que vous souhaitiez de me garder jusqu'à demain soir.

— Nous n'arrangerons pourtant pas cette chambre, reprit le forestier avec malice. Tout bien considéré, je n'en peux disposer sans l'agrément de Son Excellence.

— Je le pense comme vous, mon père, » répliqua Henriette. La tranquillité avec laquelle cette réponse fut faite, affaiblit un peu les soupçons du vieillard, et il parla d'autre chose.

———

******

CHAPITRE XXX.

******

C'est l'amour, l'amour, l'amour.

Le lendemain, de grand matin, Henriette était levée ; elle ne doutait pas que Waller ne vînt ce jour-là ; elle trouva moyen de donner à la maison un air de

fête, en mettant partout des fleurs et en
époussetant soigneusement les meubles
vermoulus. Sa toilette aussi était plus
soignée que de coutume, sans affectation
pourtant. Si le désir de plaire instruit
les jeunes filles de ce qui peut le mieux
faire valoir les attraits dont la nature les
a pourvues, un instinct délicat et sûr
leur apprend qu'elles n'en doivent pas
montrer le désir ; c'est seulement quand
une femme a dit : *Je t'aime*, qu'elle ose
se parer, pour son amant, de manière
à ce qu'il s'aperçoive des frais qu'elle a
faits en son honneur ; dans ce soin, dans
ce besoin de le rendre fier de son choix,
il trouve une preuve nouvelle qu'il est
aimé, et il voit le désir flatteur de l'en-
chaîner plus fortement encore.

Le vieux Pouff observait en silence
et les apprêts et l'agitation bien visible
d'Henriette.

« Elle l'attend, se disait-il. Elle est persuadée qu'il viendra !... Pauvre enfant!... Je ne sais pas comment j'ai pu prendre plaisir à la tourmenter hier; car enfin, aimer, c'est de son âge !... Ce jeune homme, d'ailleurs, me plait presqu'autant qu'à elle, et j'ai besoin de me faire plus méchant que je ne le suis réellement, pour ne pas me laisser séduire aussi.... La mine est souvent trompeuse... Mais, pourtant, elle ne l'est pas toujours. Peut-être qu'en effet le doigt de Dieu est là !.... Qui sait !.... Eusebia peut avoir raison cette fois; laissons donc les choses suivre leur cours, sans renoncer pour cela à faire ce qu'ordonne la prudence. »

Les prétextes ne manquèrent pas à Henriette ce jour-là, pour ne point suivre son père dans la ronde qu'il faisait chaque matin. Mais, hélas! vainement elle attendait, vainement elle espérait; *il* ne

venait pas. Son agitation allait toujours
croissant; Henriette avait beau se dire,
pour se calmer, qu'elle se flattait inutilement ; qu'il n'était pas probable que
Waller revînt précisément le lendemain
d'une première visite ; qu'il pouvait
craindre de se rendre importun; qu'on
n'accable pas ainsi les gens, à moins
d'être intimement lié avec eux; le cœur
répondait aux objections de l'esprit et
de la raison, que, si Waller le voulait
bien , il saurait comment colorer et
faire excuser cet empressement extrême.
Mais, apparemment, il ne le voulait pas
fortement; apparemment son imagination n'était pas aussi fertile en expédiens
que celle d'Henriette, qui lui avait déjà
trouvé mille et mille motifs de rendre
visite au forestier. Elle avait beau l'attendre, il ne paraissait pas.

Ainsi se passa la journée entière. Au

bruit des pas de chacun de ceux qui
s'approchaient de la maison, Henriette
avait tressailli, rougi; vingt fois elle était
allée à toutes les fenêtres l'une après
l'autre, comme pour s'assurer si le beau
temps durerait; et elle n'avait découvert
nulle part, quoique sa vue fût excellente,
celui que déjà elle commençait à voir
partout, parce que déjà elle le portait
partout dans sa pensée.

Pouff fumait sa pipe, assis sur le seuil
de la porte, ou allait et venait sans dire
mot. Le trouble, l'inquiétude d'Henriette le chagrinaient; et comme il l'aimait d'un amour vraiment paternel,
comme en toute circonstance il la gâtait
et finissait, après avoir tempêté, juré,
par vouloir tout ce qu'elle voulait, il
en était venu au point de partager son
impatience, son agitation; de désirer
presqu'aussi vivement qu'elle le retour

4..

de Waller, et de se chagriner aussi du peu d'empressement du jeune homme ; mais il tâchait de n'en rien laisser paraître, afin de ne pas donner trop beau jeu à sa femme, et de ne pas monter davantage la tête de la jeune fille.

« Puisque ce gaillard-là me plait tant à moi-même, se disait le forestier à part lui, je conçois qu'il doive plaire beaucoup à la pauvre enfant. Elle ne se doute guère que souvent un beau visage couvre une vilaine âme ; et moi qui le sais, je me repens presque de n'avoir pas consenti à le prendre pour adjoint, rien que sur la mine. Son Excellence est si bonne, qu'elle ne s'en serait pas fâchée du tout... Oui, mais si c'était un vaurien !.... Si j'avais enfermé moi-même le loup avec ma brebis..... Mille tonnerres !.... Ah ! vieux Pouff, on peut faire des sottises,

tu le vois, quoiqu'on ait une tête grise!
Dieu soit loué de ce que je n'aie pas cédé
à mon bête de cœur.... Qui sait si le
sien, à lui, est digne de celui de mon
Henriette! »

Il fallut le soir retourner au château;
et, pour la première fois, ce fut avec
répugnance que la jeune fille en prit le
chemin; ce fut avec regret qu'elle son-
gea à l'habitude insensiblement contrac-
tée d'y passer presque toute sa vie : comment la rompre cette habitude, et cela
au moment où la baronne, étant seule
et souffrante, avait le plus besoin de sa
société et de ses soins! Et cependant,
comment vivre heureuse et paisible dans
un lieu où *il* ne pouvait pas venir?

« Voilà deux journées qui m'ont paru
bien longues! dit la baronne en embras-
sant tendrement Henriette.

— Et à moi aussi !... Oh ! oui, elles m'ont paru bien longues ! repartit la jeune fille.

— Chère enfant ! cette courte absence nous a fait mieux sentir à toutes les deux le besoin que nous avons l'une de l'autre. Je t'aime, mon Henriette, comme une mère aime sa fille ; et toi, m'aimes-tu comme une fille aime sa mère ?

— Oh ! oui !.... Mais mon père....

— Tu as raison ; il a droit aussi à ta tendresse, et tu as bien fait de rester chez lui, puisqu'il le désirait.

— Je le désirais comme lui, » répondit Henriette entraînée par sa franchise, et peut-être encore par le besoin de parler de ce qui occupait son âme et sa pensée.

Mais la baronne, ne se doutant point

de ce qui était arrivé, de l'événement marquant qui allait changer probablement le destin d'Henriette, ne fit aucune des questions auxquelles s'attendait la jeune fille ; et celle-ci, encore bien novice dans l'art d'amener l'entretien, par un long détour, sur le sujet dont elle voulait parler, se tut, faute de savoir par où commencer pour raconter l'apparition du jeune chasseur dans la maison de Pouff, et ses instances pour y être admis comme pensionnaire ou comme adjoint du forestier.

Il est fort heureux, pour les gens qui ne sont pas encore amoureux ou qui ont cessé de l'être, que le fripon d'amour, si habile à bouleverser les âmes, n'ait pas le pouvoir de changer la marche du temps et l'ordre des saisons, comme il change à son gré les pensées et les sentimens de tout ce qu'il soumet à sa loi ;

autrement nous verrions le soleil apparaître au milieu de la nuit, ou la nuit
remplacer soudain l'éclat du jour, selon
que les amoureux auraient besoin du
retour de la lumière ou des ombres de
la nuit pour avancer l'instant où ils
doivent revoir le tendre objet de leur
flamme : ce serait à merveille pour ces
pauvres souffreteux ; mais quel désordre
il s'en suivrait pour les gens sains de
corps, de cœur et d'esprit, qui ont autre
chose à faire que de rêvasser sans mesure, que de souhaiter ce qui n'est pas,
de maudire ce qui est, et de se nourrir
de trouble, de larmes et de chimères!

Ces réflexions nous sont venues au
sujet d'Henriette. Avec une tête comme
la sienne, avec l'habitude fortement en-
racinée de faire sa volonté, on ne pouvait pas s'attendre à ce qu'elle menât
l'amour timidement, discrètement,

comme le font la plupart des jeunes
filles. Elle s'était dit : « *Je veux le revoir!* » et l'on pouvait être certain qu'elle
le reverrait, et cela dès le lendemain.
Or, n'ayant nullement envié de dormir,
qu'avait-elle besoin qu'il fît nuit? Si
donc l'amour avait voulu l'écouter, le
soleil, à peine plongé dans le sein des
vastes mers, aurait reparu aux portes de
l'orient, au grand étonnement de chacun, et à la grande joie d'Henriette :
alors elle aurait couru sans tarder à son
vieux chêne ; elle se serait assise sous cet
ombrage protecteur, et Waller serait
bientôt venu lui-même en cet endroit,
attiré par la puissance invisible qui ra-
mène sans cesse un amant vers le lieu
où, pour la première fois, lui apparut
celle qu'il croit sincèrement devoir aimer
toute la vie.

En quelques heures, on le voit, Hen-

riette avait déjà fait bien des découvertes dans la théorie de l'amour; chez
les jeunes filles, le cœur va vite; et le
cœur donne à l'imagination un tel élan,
que ces découvertes-là se multiplient
bientôt à l'infini.

La fatigue ferma les beaux yeux de
l'impatiente Henriette, et abrégea pour
elle les heures de cette *éternelle* nuit;
mais le lendemain matin, comme elle se
rendait gaîment vers sa retraite chérie,
une fausse honte s'étant emparée d'elle,
soudain elle tourna ses pas vers la demeure de son père adoptif, qui parut
surpris de la voir aussi diligente que
l'aurore.

« Puisque te voilà, dit-il, tu vas aller
mettre mes bûcherons à l'ouvrage.

—Volontiers, » répondit Henriette

d'un air d'empressement et de gaîté qui
fit froncer le sourcil au vieux Pouff.

« Ouais, se dit-il tout bas, est-ce
qu'il y aurait quelque rendez-vous sous
jeu! »

Rougissant bientôt d'un tel soup-
çon, il donna ses instructions à Henriette ; celle-ci écoutait avec attention,
mais malgré elle perçait l'impatience de
partir. La forêt où son père l'envoyait
était grande, bien grande assurément ;
pourtant une rencontre n'était pas absolument impossible, et cette pensée en-
chantait la jeune fille. Elle était pressée,
bien pressée de partir, afin de revenir
vite, vite si elle ne *le* rencontrait point,
parce que, bien certainement, *il* viendrait aujourd'hui même rendre visite au
vieux Pouff.

Or , le vieux Pouff ayant eu tout juste la même idée, c'était pour cela qu'il avait avisé au moyen d'éloigner Henriette, de lui fournir de l'occupation pour une grande partie de la journée; il avait craint de l'hésitation, de l'humeur même, et en ne trouvant rien de tout cela, il s'était figuré que déjà les jeunes gens savaient où se rejoindre.

Henriette prit son fusil, appela son chien, et partit le nez au vent, le sourire sur les lèvres, et le cœur rempli des plus doux pressentimens. Tout en marchant si légèrement, que ses pieds semblaient effleurer à peine la terre, elle se retourna deux ou trois fois pour faire un signe d'adieu au forestier, debout sur le seuil de sa porte, et le vieillard éprouva chaque fois une vive tentation de la rappeler; mais prenant à la fin son

parti : « Vas à la grâce de Dieu! dit-il,
Comme dit la chanson :

> J'aimerais mieux garder
> Cent moutons près d'un blé ,
> Qu'une fillette dont le cœur a parlé. »

Dame Eusébia sourit malignement de
l'inquiétude où elle voyait son mari; elle
avait bonne envie de lui dire : « Voilà
ce que c'est que de n'avoir pas voulu
prendre le jeune homme chez toi ! Henriette et lui se seraient vus tout à leur
aise et sans penser à mal; au lieu qu'il
leur faut employer la ruse pour se procurer le plaisir d'être ensemble..... Eh!
puis après tu viendras dire qu'on te
trompe !... à qui la faute? »

Mais la prudente Eusebia n'étant pas
ce jour-là d'humeur aussi querelleuse

que de coutume, garda ses réflexions
par devers elle, en se promettant cependant de les faire servir victorieusement
à la première occasion.

———

******

CHAPITRE XXXI.

******

Le Précepteur.

Henriette, qui n'avait pu se décider
le matin à se rendre directement à sa
retraite favorite, fit un détour pour passer du moins devant son chêne; mais

elle se garda de s'arrêter, quelqu'envie qu'elle eût de s'asseoir sur le frais gazon, de fermer les yeux et de les rouvrir aussitôt, seulement pour voir si elle aurait une nouvelle *vision* ; elle s'éloigna en soupirant, et un quart-d'heure après elle était au milieu des bûcherons, dont la hache faisait tomber à grand bruit les arbres désignés pour la coupe. Un peu plus loin travaillaient les charpentiers sous un vaste hangar, et plus loin encore des scieurs de long.

Le vieux Pouff, en envoyant Henriette à sa place, savait qu'elle en aurait pour plusieurs heures avant d'avoir fait ébrancher, puis mesurer les arbres abattus par la coignée. Mais le désir d'être bientôt de retour, stimulait tellement Henriette, qu'elle se mit en besogne à l'instant et qu'elle fit marcher les travaux avec une célérité sans égale.

Elle se disposait à s'en retourner, lorsqu'un meunier parut au milieu des ouvriers et vint prier Henriette de lui faire livrer sur-le-champ le bois nécessaire pour quatre ailes de moulin et deux pivots, dont l'un était destiné aux meules.

« J'en suis fâchée, dit Henriette, mais je ne peux vous donner maintenant ce que vous demandez. Mon père n'est pas là, et il faut que je m'en aille.

— Mam'selle Pouff, je vous en prie, reprit le meunier, rendez-moi ce petit service. Je viens de loin; c'est aujourd'hui le jour de la corvée; en s'en allant les paysans me charrieront mon bois presque pour rien; au lieu que si j'attends à demain, les frais de transport me coûteront bien cher. J'ai une femme malade, cinq enfans en bas-âge; l'hiver a été rude.

— Je comprends bien vos raisons, dit Henriette ; mais mon père ne sera pas content....

— Avec quelques bonnes paroles vous l'apaiserez.

— C'est que j'ai affaire....

— Mam'selle Pouff, vous ne refuserez pas de m'obliger, je vous en prie ! »

Henriette était contrariée, oh ! contrariée au-delà de toute expression ; elle se disait tout bas : « *Il* est peut-être déjà à la maison ! »

La bonté de son cœur l'emporta cependant sur l'impatience de l'amour, et elle dit au meunier : « Faites choix du bois qu'il vous faut ; je vais vous expédier tout de suite. »

Mais le meunier était difficile; il chi-
canait sur la mesure, sur le prix, sur
la qualité; Henriette se contenait avec
peine; elle était indignée de voir qu'on
abusait ainsi de sa complaisance, et vingt
fois elle fut au moment de laisser là ce
tracassier : heureusement pour lui, il
avait parlé de sa femme malade, de ses
cinq enfans, des rigueurs du dernier
hiver, et Henriette se contentait de jurer
entre ses dents, ou de dire d'un ton bref :
« Ah! ça, j'ai autre chose à faire que de
rester là à batailler avec vous pour des
misères !..... Dépêchons, et que cela
finisse ! »

Le meunier pourtant n'en finissait pas.

« Allez au diable! lui dit Henriette
tout-à-fait en colère. Il n'y a rien de fait;
revenez tantôt, vous parlerez à mon
père....

— Là, là, ne vous emportez pa
mam'selle Pouff; j'en passerai par
vous voudrez; voyons, réglons no
compte. »

Le compte fut réglé, payé, un re
donné, et Henriette, libre enfin, put s'
retourner. Elle marchait avec vivacit
murmurant entre ses dents du reta
qu'elle avait éprouvé; lorsque souda
elle s'arrête, prend son petit portefeuil
sa plume sans fin, et marchant pl
lentement, elle se met à refaire ses ca
culs; il lui importait beaucoup qu'
fussent justes, car, pour la premiè
fois, elle venait de conclure seule
marché, et elle savait que son père
lui pardonnerait pas de s'être tromp
d'une ligne dans le mesurage, et d'
heller dans la somme à recevoir.

S'arrêtant de nouveau, Henriett

perdue dans ses chiffres, et ne pouvant réussir à multiplier l'un par l'autre deux nombres assez forts, lève la tête.... Le jeune chasseur est debout devant elle. Elle rougit, se sent défaillir.... Mais se rendant aussitôt maîtresse d'elle-même, la jeune fille parvient à dissimuler son trouble en baissant rapidement les yeux.

« Vous faites des vers ? demande Waller, qui s'est approché davantage, et dont l'émotion égale presque celle d'Henriette.

— Oh ! mon Dieu non ; je fais des chiffres. Ne pourriez-vous pas m'aider à sortir de l'embarras où je me trouve ?

— Ah ! de grand cœur, si la chose est en mon pouvoir.

— Vous savez compter ?

— Passablement, » répond Walle
avec un sourire qui donne à ses beaux
traits l'expression la plus séduisante
Henriette ne s'en aperçoit pas ; ses yeux
sont toujours attachés sur son porte-
feuille ouvert; mais elle est moins tremblante que tout-à-l'heure; et l'espérance
de contracter une obligation réelle envers le jeune chasseur, donne quelque
chose de plus doux et de plus paisible à
la joie tumultueuse dont son âme a d'a-
bord été comme oppressée.

« Ainsi, vous voulez bien revoir mes
comptes ?

— Si je le veux!... n'en doutez pas;
mais peut-être n'en serai-je pas capable.»

Ernest, en disant ces mots, s'est placé
à côté d'Henriette ; leurs têtes se tou-
chent presque; leurs regards sont fixés

sur le même objet ; Waller suit des
yeux les calculs de la jeune fille; il y
devient attentif; il rectifie à l'instant les
erreurs légères qui lui échappent, en
s'étonnant de la promptitude, de la facilité avec lesquelles elle opère, et Henriette est à-la-fois surprise et charmée
des éloges qu'elle reçoit de son contrô-
leur.

« Je ne me suis donc pas trompée!
dit-elle avec l'expression du plaisir.

— Vous ne vous êtes trompée ni dans
le produit de vos arbres, ni dans la
somme que vous deviez en retirer. Mais,
afin de bannir les inquiétudes que vous
pourriez conserver à cet égard, nous allons consulter ensemble des tables qu'on
a faites pour l'usage des forestiers, des
charpentiers, etc. Tenez, voici ce dont
je veux parler. Avec ces tables, rien n'est

plus facile que de calculer le nombre de pieds cubes ou carrés que peut donner un arbre, après qu'on en a pris la longueur et mesuré le diamètre, d'abord au pied, et ensuite à la cime. Voulez-vous essayer de refaire vos calculs avec moi, à l'aide de ces tables?

— Volontiers, » dit Henriette; et son bras se trouva passé dans celui du jeune chasseur, sans qu'elle sût comment la chose s'était faite.

Tout-à-coup Waller interrompit ses explications, et fixant sur Henriette un regard étincelant, il dit en pressant légèrement le bras qui s'appuyait sur le sien : « Il faut être fou, oui, fou à lier, pour employer le temps d'une première entrevue avec vous, belle Henriette, à vous expliquer la science si sèche des nombres.

— Ce n'est pas de la folie, c'est de l'obligeance, » répondit Henriette, un peu surprise de s'entendre ainsi appelée par son nom de baptême, « puisque par ce moyen vous me tranquillisez sur les erreurs où j'aurais pu tomber.

— Eh ! bien, achevons vite cette démonstration; car j'ai bien des choses à vous dire.

— Et moi aussi, répondit Henriette.

— Et vous aussi? s'écria Waller enchanté,

— Oh ! voyons d'abord vos tables; nous causerons après tout à notre aise. »

Waller ouvrit le volume très mince qu'il avait tiré de sa poche, et entra dans des explications qu'Henriette écouta bien

attentivement.... du moins en apparence;
car nous n'osons répondre que d'autres
pensées ne vinssent pas à la traverse
malgré elle.

« Il faudrait, dit Waller en s'inter-
rompant, aller, pour plus de sûreté,
prendre de nouveau la mesure du bois
que vous avez vendu au meunier.

— Eh ! bien, allons, » repartit Henriette. Rien maintenant ne la pressait
plus de retourner à la maison ; elle désirait même retarder l'instant de son retour, afin de rester le plus long-temps
possible avec le jeune chasseur ; elle se
trouvait si bien auprès de lui, ainsi appuyée sur son bras, rencontrant son regard caressant chaque fois qu'elle tour-
nait la tête de son côté ! Le son de cette
voix, à-la-fois sonore et douce, qui re-
tentissait tout près de l'oreille de la

jeune fille, eût seul suffi pour la char-
mer... ah! rien n'est pénétrant et pur
comme les premières impressions d'un
amour non avoué encore, mais qu'on
sait être partagé !

Henriette n'avait fait qu'entrevoir Ernest, et déjà elle s'abandonnait à la
confiance qu'il lui inspirait. Le trouble,
l'embarras qu'elle avait ressentis d'abord,
s'étaient évanouis pour céder la place
à cette satisfaction, à ce repos de l'âme
que goûte une femme qui se trouve
soudain placée sous la protection de
l'homme qu'elle aime et dont elle se sent
aimée.

Les bûcherons parurent surpris en
voyant revenir Henriette; elle s'en mit
peu en peine, et donna toute son attention à la leçon qu'elle avait demandée
et aux opérations diverses qu'elle voyait

5.

faire au jeune chasseur, avec la dextérité
et la facilité de quelqu'un qui joint la
pratique à la théorie.

« Voyez-vous, disait-il, nous écri-
vons d'abord le nombre de pieds de hau-
teur que porte cet arbre ; ensuite nous
prenons ainsi la mesure de sa grosseur
en bas et en haut.... maintenant nous
cherchons à cette table, qui donne une
évaluation bien exacte des pieds cubes
que contient toute espèce de corps cy-
lindrique, et en suivant la ligne de
points, nous arrivons sans peine au résultat.... Vous le voyez, votre opéra-
tion, à vous, a donné le même produit
que la mienne, mais elle vous a coûté
bien plus de travail de tête. »

Henriette était enchantée. Elle vou-
lut faire elle-même l'essai de ces tables
si commodes, et elle pria le jeune chas-

seur de la laisser lui prouver, sans secours, qu'elle en comprenait bien l'u-
sage. Il y consentit; mais il la suivait
des yeux avec une attention extrême;
Henriette s'imaginait que c'était pour
la surveiller, afin de l'avertir dans le
cas où elle se tromperait : c'était tout
bonnement parce que chaque mouvement qu'elle faisait développait une
grâce nouvelle; c'était parce qu'il goû-
tait un plaisir inexprimable à la con-
templer, à s'enivrer de la vue de cette
beauté si simple, si séduisante, qu'une
candeur vraie et l'innocence du cœur
rendaient plus séduisante encore.

Henriette sauta de joie en voyant
qu'elle avait parfaitement bien compris
à quoi pouvait servir le petit livre de
son nouvel ami; elle répéta plusieurs fois
ses expériences, et enfin revenant à lui
avec un visage rayonnant, elle dit en

prenant le bras du jeune chasseur :
« Nous pouvons nous en aller ; à présent
je suis sûre de moi. »

Ernest ne put s'empêcher de sourire
de cette phrase à double sens, et tous
deux s'enfoncèrent dans le fourré.

*****

CHAPITRE XXXII.

*****

L'Enfant de la Nature.

« Maintenant que nous voilà tranquil-
les, dit Ernest, nous pouvons causer?

— Tant que vous voudrez, et même
sauter et courir si cela vous amuse.

— Oh! non; je préfère marcher ainsi près de vous, vous parler, vous entendre.

— Et moi de même, » repartit Henriette en lui souriant d'un air plein d'affection et de candeur. « C'est singulier, ajouta-t-elle aussitôt, il me semble que je vous connais depuis des années.... et pourtant je vous ai vu pour la première fois.... » Elle s'arrêta, rougit, baissa la tête, et dit à mi-voix : « Je ne veux pas mentir; je vous ai vu déjà précédemment.

— Vous m'avez vu précédemment? Et où cela?

— Dans le pays des chimères, » répondit-elle avec gaîté, et elle chercha à s'échapper; mais le jeune chasseur la retint en s'emparant de sa main, et lui dit d'un ton pressant : « Expliquez-vous, je vous en conjure ! »

Tous deux s'étaient arrêtés : ils étaient debout, en face l'un de l'autre ; Henriette faisait une petite mine toute drôle et détournait les yeux, tandis qu'Ernest, au contraire, la regardait avidement.

« Je n'aime pas qu'on me regarde, je n'aime pas qu'on me tienne, » dit Henriette brusquement et en retirant sa main, que le chasseur laissa aller, quoiqu'à regret ; il suivit quelque temps en silence la jeune fille, qui marchait légèrement devant lui. Il ne savait que penser de la singularité de caractère dont elle faisait preuve : était-ce innocence entière ou coquetterie raffinée ?

Bientôt Henriette ralentit le pas, et

5...

elle recommença à marcher à ses côtés, parlant avec beaucoup de volubilité de choses indifférentes, des bois, des prés, de la chasse, de ses chiens, de ceux de son père. Tout-à-coup elle se tourne du côté d'Ernest, et lui dit : « Où êtes-vous donc ? A quoi pensez-vous ?

— A vous ! » répondit Ernest en remettant le bras de la jeune fille sous le sien, sans éprouver la plus légère opposition. « Je pense à ce que vous m'avez dit tout-à-l'heure.... Je voudrais bien en avoir l'explication.

— Cela vous ferait plaisir ?

— Un plaisir inexprimable !

— Je veux bien vous le dire.... Mais auparavant il faut....

— Parlez ! Que désirez-vous de moi ? »

Henriette hésitait; ses joues brûlaient, son cœur battait. « Tenez, dit-elle enfin, je suis si accoutumée à parler à cœur ouvert, et vous m'inspirez tant de confiance....»

A ces mots, Ernest porta vivement à ses lèvres la main qu'il tenait dans les siennes; Henriette pâlit, chancela et se couvrit la figure de la main qu'elle avait de libre.

« Henriette ! » dit Ernest en l'entourant de ses bras. Elle se laissa aller sur son épaule, et doucement entraîner vers le banc de gazon que le chêne qu'elle aimait couvrait de son ombre épaisse; elle s'assit auprès d'Ernest, la tête toujours appuyée sur sa poitrine, et dans un trouble qu'aucun mot ne saurait rendre.

« Parlez-moi.... parle-moi, je t'en prie ! dit Ernest avec émotion.

— Ernest ! » dit-elle à son tour d'une voix tremblante; leurs lèvres se cherchent; se rencontrent.... Soudain Henriette s'arrache des bras qui la pressent, se détourne, mais ne s'éloigne pas.

« Tu m'aimes! demande le jeune chasseur avec feu.

— Vous le voyez bien! répond Henriette. Oui, je vous aime! Je t'aime de toute mon âme; je t'aime, je t'aime!... Et toi ?

— Peux-tu le demander?... Ah! c'est pour toi, pour toi seule que je suis ici!

— Oh! j'en étais sûre !

— Et comment cela? Je n'ai pu encore te le dire.

— Je le sais pourtant; c'est pour moi

que tu es venu chez mon père, que tu
as voulu être son adjoint, demeurer dans
sa maison.... Oui, tout cela devait arriver ainsi....

— Et comment le sais-tu ?

— C'est que je t'aime depuis bien
long-temps !

— Depuis bien long-temps ?.... Mais
tu ne me connaissais pas avant-hier !

— Je ne te connaissais pas ? Oh ! que
si : je t'ai déjà vu cent et cent fois.

— Où donc ?

— Dans ma tête, dans mon cœur.... »

Ernest la serre contre sa poitrine avec
transport ; mais Henriette se dégage de

nouveau, et le regardant d'un air plein
de candeur, elle lui dit : « Je t'atten-
dais ; j'étais certaine que tu viendrais....
Enfin tu es venu..... mes yeux se sont
ouverts, et mon cœur a dit : *le voilà!* »

Le jeune chasseur ne savait où il en
était ; un aveu si franc et si prompt des
sentimens qu'il inspirait, des rêveries
dont il avait été l'objet, lui ou cet idéal
créé par la vive imagination d'une jeune
fille, lui faisait éprouver à-la-fois une
émotion profonde, un trouble extrême,
et cette surprise que devait donner à
un homme de son âge, accoutumé à la
réserve, à la retenue réelle ou feinte
des dames de la ville, une manière d'être
si originale et si inattendue. Ses habi-
tudes et son cœur se trouvaient dans une
contradiction qui lui causait un malaise
d'autant plus grand, qu'Henriette, tout
en s'abandonnant à l'attrait qu'elle sen-

tait pour lui, conservait cependant cette dignité naturelle qui accompagne toujours l'innocence et fait naître le respect dans les âmes où se trouve encore le sentiment de l'honnêteté; dans les âmes qui croient encore à la vertu sans apprêt, sans *vertugadins* et sans pruderie.

« Ne me ferez-vous pas confidence pour confidence? demanda Henriette d'un ton caressant. M'avez-vous vue aussi dans vos rêveries ?

— Je t'ai vue; oui, je t'ai vue, ange de candeur!... Mais combien tu surpasses encore tout ce que mon imagination m'avait offert !

— Moi, je ne dirai pas cela, repartit Henriette, et pourtant vous êtes plus beau que mon *idéal*.... Plus beau que

tout ce que j'avais imaginé !... » Et elle
le regardait.... comme regarde une jeune
fille quand elle aime, et quand elle croit
pouvoir se livrer au plaisir de le dire.

Ernest, enivré, l'attire à lui, puis la
repousse et se lève en disant : « Tu me
mets hors de moi !... Henriette !... Henriette !... » Soudain sa figure devient sérieuse.

« Qu'avez-vous ? » demande la jeune
fille étonnée.

Ernest, sans répondre, fait quelques
pas vers la route qui conduit au village;
Henriette le suit en silence.

« Est-ce que vous êtes fâché contre
moi ? dit-elle doucement.

—Fâché ! moi, fâché ! et contre toi !..
Ah ! tu ne le crois pas !

— Vous allez venir déjeuner chez mon père?

— Non, c'est impossible.... Pas aujourd'hui.... pas en cet instant.... Ma tête.... est comme égarée.... Henriette, tu m'aimes?... Ce n'est pas un jeu, un jeu cruel?

— Un jeu! Quelle idée!

— Dis-moi que tu m'aimes!

— Oui, je t'aime! »

Et encore une fois ils sont dans les bras l'un de l'autre..... Tout-à-coup le jeune chasseur se dégage et s'éloigne à grands pas en disant : « Adieu, adieu; à demain!

— A demain! » répond Henriette.

Elle le suit des yeux jusqu'à ce qu'il ait disparu entre les arbres, et alors seulement elle reprend toute pensive le chemin de la maison.

« Qu'avait-il donc? se demandait la jeune fille presqu'à chaque pas. Il a eu l'air si joyeux d'abord... et après.... ce n'était plus cela ! »

Toujours rêvant, elle arriva jusqu'à la porte près de laquelle était assis le vieux Pouff, et tressaillit en l'apercevant.

« Tu vas comme si tu marchais sur des œufs ! dit-il d'un ton où perçait un peu d'humeur. Où en sont-ils là-bas?... J'ai cru que tu ne reviendrais pas d'aujourd'hui.

— C'est que le meunier Hanz est venu

acheter du bois pour son moulin, répondit Henriette en reprenant sa gaîté.

— Que lui faut-il?

— Oh! il a ce qu'il lui faut à présent.

— Comment cela?

— J'ai conclu le marché tout de suite.

— Mille millions de tonnerres! de où diable es-tu allée t'aviser!....

— Ne vous fâchez pas, mon père.

— Ne pas me fâcher!... Le diable t'emporte! tu m'auras fait de belle besogne!

— Elle n'est pas mauvaise, je vous assure, et voici l'argent....

— Je me moque pas mal de l'argent.
Tu auras été dupée, friponnée....

—Mais non du tout; j'ai mesuré moi-
même....

—Belle caution vraiment que ton savoir, en fait de mesurage et de calculs!

— Mais avant de me gronder, regar-
dez-les du moins, mes calculs.

— Qu'est-ce qu'ils me prouveront?
dit le vieux Pouff en prenant le porte-
feuille; rien autre chose, sinon que les
femmes ont la fureur de se mêler de ce
qui ne les regarde pas, de ce qu'elles ne
peuvent comprendre..... Il fallait m'en-
voyer le meunier.

— Je le voulais aussi; mais il m'a re-
présenté qu'il avait une femme malade,

cinq enfans, que l'hiver avait été rude,
que les frais de transport lui coûteraient
cher, s'il ne pouvait profiter des voitures
des paysans, après l'heure de la corvée,
et alors....

— Qui a fait ces chiffres-là? » demande tout-à-coup le vieux Pouff.

Henriette rougit, mais répond sans
hésitation : « C'est le jeune chasseur qui
est venu ici avant - hier. En m'en revenant, je l'ai rencontré; comme j'avais
peur de m'être trompée, je l'ai prié de
revoir mes calculs....

— Ha! ha! Et il n'a pas dit non?

— Tout au contraire; il a bien voulu
m'aider, et même, pour plus de sûreté,
nous sommes retournés sur les lieux, afin
de nous assurer que j'avais bien mesuré

mes arbres..... Il m'a enseigné une nouvelle méthode pour abréger le travail.....

— Oh ! voilà bien mes jeunes gens!
s'écria le vieux forestier d'un air de dédain. Il leur faut du nouveau, toujours
du nouveau !

— Voici des tables qu'il m'a données,
et qui sont commodes, commodes, plus
que je ne saurais vous le dire !... Ah! il
viendra vous voir demain, et il m'a
chargée, en attendant, de vous faire ses
complimens.

— Bien obligé, son serviteur très
humble! Pourquoi n'est-il pas venu aujourd'hui avec toi ?

—Je l'en ai prié ; mais il m'a répondu
qu'aujourd'hui il ne le pouvait pas. »

Le forestier écoutait à peine ; il parcourait des yeux le petit livre que lui avait remis Henriette, et il devenait de plus en plus attentif dans cet examen.

« Mille cinq cents diables ! dit-il tout-à-coup, c'est pourtant fichant de voir qu'un vieux routier comme moi se soit cassé la tête si long-temps pour faire avec peine ce qu'il est si facile de faire, tout à son aise, à l'aide de ce petit livre !... C'est clair d'un bout à l'autre comme deux et deux font quatre. Henriette, tu me copieras ce petit volume, bien lisiblement, de ta belle écriture.

— Pourquoi faire le copier ?

— Mais pour le rendre au jeune chasseur.

— Oh ! il n'en a pas besoin. Il sait tout cela sur le bout du doigt.

—Diable ! il faut qu'il ait une fameuse tête, meilleure que la mienne ! Il t'a donc *donné* ce petit livre ?

— Oui, mon père.

—Et tu l'as bien remercié, j'espère ?

— Certainement, répondit Henriette dont les joues se couvrirent d'une rougeur plus vive encore. Oh ! c'est un bien honnête garçon !

— Vraiment ! »

Ce mot fut dit avec distraction ; l'attention du digne Jean Pouff était en ce moment absorbée tout entière par l'essai qu'il faisait à mi-voix de l'usage de ces tables, auxquelles il devrait un grand allégement dans ses travaux de chaque jour. Henriette se vit donc sau-

vée de l'embarras de répondre aux mille
et mille questions que son père lui aurait
adressées en tout autre circonstance, et
elle put s'abandonner sans trouble, en
aidant Eusebia dans les soins du mé-
nage, à ses rêveries et à ses souvenirs ;
mais elle brûlait de voir arriver la fin de
la journée, afin de retourner auprès de
la baronne, et de lui raconter la rencontre du matin. Henriette n'en avait
point parlé à sa mère adoptive, sans se
rendre compte précisément du *pourquoi*
de sa réserve : elle devinait seulement
que la baronne saurait mieux la comprendre, et qu'elle n'avait aucune sym-
pathie à attendre d'Eusebia ; celle-ci, de
son propre aveu, n'ayant jamais connu
ni les joies, ni les tourmens de l'amour.

––––––––

******

CHAPITRE XXXIII.

******

L'Amoureuse.

Être heureux ou malheureux, et n'a-
voir pas un cœur ami dans lequel dépo-
ser l'expression de sa joie ou de sa douleur, c'est manquer des jouissances les
plus vives et des consolations les plus

6..

douces qu'il soit possible de trouver ici-
bas. Henriette n'en était pas là, bien
au contraire; elle savait que la baronne
partageait, sentait ses plaisirs ou ses
peines avec une vivacité presqu'égale à
la sienne; aussi, ce soir-là, prit-elle le
chemin le plus direct, afin d'arriver
promptement au château, et de pouvoir
parler de tout ce qui occupait sa pensée
et remplissait son cœur.

« Quelle figure rayonnante ! dit la
baronne en répondant aux caresses dont
la jeune fille l'accablait.

— C'est que je suis amoureuse tout de
bon, répondit Henriette d'un air enivré.

— Encore quelque folie !

— Non, non. Mais je ne sais pas
pourquoi vous avez voulu me faire peur

de l'amour!.. Que c'est doux l'amour!..
Que c'est doux d'être aimée quand on
aime!... Mais, je vous assure, qu'il n'y
a eu ni soupirs ni larmes; tout a été
plaisir, et plaisir si grand.... que je ne
trouve pas de mot pour le dire! Et ce
plaisir-là ne *serre* pas le cœur, comme
vous le prétendiez, petite marraine. Je
n'ai éprouvé un peu de gêne et d'embarras qu'au moment où je l'ai vu tout-à-
coup devant moi.... Le reste est allé
tout seul.

— Tu me parles par énigme, dit la
baronne très étonnée. Je ne te comprends
pas du tout.

— Eh! bien, voici comment cela s'est
fait : En revenant à la maison, après
après avoir été voir nos bûcherons, je
l'ai rencontré....

— Qui donc?

—Le jeune chasseur, vous savez bien?
celui qui m'a surprise avant-hier comme
je dormais. Il voulait être adjoint chez
mon père; mais mon père n'a pas voulu.
Voilà donc que je le rencontre, qu'il
m'aide dans mes calculs, que nous re-
tournons ensemble vers les bûcherons...
Mais ce n'est pas là le plus intéressant
de l'histoire....

—Arrive donc vite au plus intéressant !

—C'est en quittant les bûcherons,
lorsque nous avons pris le sentier qui
conduit à mon chêne.... Dame! alors
le cœur m'a battu!... mais c'était si doucement, si doucement!... Il avait remis
mon bras sous le sien, et j'étais contente;
oh! contente de marcher comme cela à
ses côtés! Nous nous regardions bien
souvent, mais sans soupirer....

— Après ?

— Après, nous nous sommes assis au pied du chêne. Je ne sais pas si c'est lui qui m'a prise dans ses bras, ou si je m'y suis jetée la première.... N'importe, nous nous sommes embrassés de tout notre cœur.

— Henriette, est-il possible ?...

— C'est la vérité. Alors il m'a demandé si je l'aimais, et je lui ai dit que *oui* ; eh ! puis : *je t'aime !*... tant qu'il a voulu.

— Mais, Henriette....

— Oh ! laissez-moi raconter tout.... Je lui ai demandé s'il m'aimait aussi ; ce n'était guère la peine, car j'en étais sûre ; mais je voulais le lui entendre dire, et il me l'a dit.... Ah! vous ne savez pas?... il m'a *vue* dans sa tête et dans son cœur avant de me connaître, absolument comme moi.... J'ai pourtant eu du chagrin après avoir eu tant de plaisir!

— Comment cela? demanda la baronne tout émue, toute surprise et tout effrayée de l'extrême simplicité d'Henriette.

— Je ne sais pourquoi, dit cette dernière, il s'est levé tout-à-coup avec un air.... un air singulier.... On aurait dit qu'il avait peur de me toucher; que ma main, qu'il tenait dans la sienne, le brûlait, tant il l'a quittée vite.... Il n'était plus le même, et il m'a dit brusquement adieu.

— Imprudente! s'écria la baronne

dont les joues étaient en feu. Tu es bien
heureuse de n'avoir pas eu affaire à l'un
de ces misérables libertins, pour qui
l'innocence n'est qu'un attrait de plus !...
Malheureuse enfant !

— Ah ! mon Dieu ! de quel ton vous
me dites cela ! Qu'est-ce que j'ai donc
fait de si mal !

— D'abord, Henriette, une jeune fille
ne doit pas être si prompte à s'enflammer....

— *D'abord,* petite marraine, vous
m'avez dit que l'amour vous prend au
moment où vous y pensez le moins, que
c'est la foudre....

— Je suppose qu'en effet je l'aie dit,
je ne t'ai pas dit du moins qu'une femme
dût avouer à l'instant le sentiment qu'un

6...

regard a pu suffire pour faire naître.

— Vous m'avez dit tout le contraire,
j'en conviens ; mais à quoi sert-il d'aimer, si l'on ne peut pas le dire ?

— On le dit, on finit par le dire....

— Pourquoi ne pas le dire tout de
suite ?

— Comment, tu ne sens pas cela ?

— Mon Dieu non !

— Mais, ma chère enfant, il n'y a que
les femmes sans pudeur qui avouent si
facilement qu'on a su leur plaire.

— C'est qu'alors je suis sans pudeur.

— Henriette, je ne plaisante pas ; ce
sujet est trop grave !

— Mais je ne plaisante pas non plus, petite marraine.

— Ma chère amie, écoute-moi bien attentivement. En général, les hommes n'attachent de prix qu'à ce qui leur coûte à obtenir. Plus ils trouvent de facilité à plaire, moins ils ont d'efforts à faire pour en arracher l'aveu, moins aussi cet aveu leur paraît cher et précieux.

— Est-il possible?

— C'est l'exacte vérité.

— Ainsi, quand on aime, il faut le cacher et renfermer son amour tout au fond de son âme?

— Oui, mon enfant.

— Oh! je conçois maintenant qu'alors

on soupire et l'on pleure! Toute la journée d'hier j'en ai eu bonne envie., parce
qu'il n'est pas venu , parce que je n'ai pu
le voir et lui dire ce que j'avais sur le
cœur ; mais aujourd'hui que je le lui ai
dit., je suis gaie comme le poisson dans
l'eau, et légère comme l'oiseau dans l'air. »

La baronne regardait Henriette , dont
la figure ouverte exprimait en effet la
joie la plus pure, et elle ne se sentit pas
le courage de changer en amertume
les premières jouissances que donne un
amour naissant et partagé , en éveillant
dans la jeune fille des craintes sur l'effet
qu'avait pu produire cet aveu préma-
turé; quelque chose d'ailleurs lui disait
que le chasseur avait dû en être étonné ,
mais qu'il avait assurément l'âme honnête, puisque, loin de se prévaloir des
avantages qu'il obtenait, il avait fui, au
lieu de chercher à en profiter.

« Puisse cette satisfaction si grande
que tu éprouves, dit Augustine après un
moment de silence et avec un soupir,
n'être jamais suivie de regrets !

— Et pourquoi en aurais-je, des regrets ?

— Ma chère enfant, à l'engouement
succède souvent le refroidissement le
plus complet ; mais on n'arrive à ce
point qu'après avoir passé par de bien
cruelles épreuves !... Laissons cela ; je ne
veux pas t'attrister. Comment se nomme.... ton nouvel ami ?

— Ernest.

— Il n'a pas d'autre nom ?

— Si fait, Ernest Waller.

— Que fait-il ?

—Rien apparemment, puisqu'il cherche une place. Au fait, je ne m'en suis
pas informée.

— Comment? il ne t'a pas dit ce qu'il
est, s'il a un état?

— C'est un chasseur, à ce qu'assure
mon père, ou bien un apprenti forestier,
qui pourrait bien devenir chef s'il trouvait une place. Il sait tout ce qui est
relatif à la qualité, à la valeur des
bois.....

— Son silence sur ce qui le concerne.... est fait pour donner à penser.

— Pourquoi m'en aurait-il parlé?
Moi, je ne songeais pas à lui rien demander relativement à cela, et qu'est-ce
que ça me fait? Qu'il soit ce qu'il vou-
dra! je l'aime, il m'aime; je sais son

nom, il sait le mien ; il veut se fixer dans
le pays.... Si vous saviez comme il est
aimable ! comme sa voix est pénétrante
et douce ; comme son regard a quelque
chose..... quelque chose.... je ne peux
pas le dire, mais ce quelque chose vous
va là ! » Et Henriette pressait sa main
sur son cœur.

« Je sais cela ! repartit la baronne
en soupirant encore. Dis-moi, Henriette,
ses manières annoncent-elles un homme
bien élevé ?

— Oh ! je vous en réponds ! Il ne ressemble pas du tout à ces militaires si
présomptueux et si fats qui sont venus
ici ; il ne ressemble pas non plus à nos
coqs de village, qui veulent singer les
façons de la bonne société ; il ne ressemble pas davantage aux gentilshom-

mes campagnards, dont nous rions de si bon cœur....

— A qui ressemble-t-il donc? demanda Augustine avec un sourire.

— Dame!... à personne que je connaisse. Il a une mine fière et douce, un air imposant et tendre, une façon de parler simple et agréable....

— Voilà bien comme on voit quand on aime !... Ma chère enfant, je ne veux ni te gronder ni troubler ton bonheur par l'annonce de tourmens, de malheurs.... que tu n'es pas, je l'espère, destinée à éprouver.... comme moi; mais sois prudente, je t'en prie; et surtout ne t'abandonne pas aussi entièrement au plaisir de l'aimer et de le lui dire.... du moins jusqu'à ce que nous sachions ce qu'il est, ce qu'il veut.

— Ce qu'il veut ? Il veut m'aimer, et il veut que je l'aime ; voilà tout ; il me l'a bien dit !

—Et il t'en a demandé... des *preuves ?* car ces messieurs veulent toujours des *preuves*....

— Je ne comprends pas !

— Mais.... un baiser, par exemple?

— Oh ! je lui en ai donné dix ou douze, peut-être plus.... je n'ai pas songé à les compter.

—Henriette, il ne faut pas....

—Soyez tranquille ; je n'en avais encore donné à personne, et je n'en donnerai pas à d'autre que lui.

— Mais il ne faut pas lui en donner non plus, à lui.

— Eh! pourquoi cela? Est-ce que je ne vous embrasse pas tout le long du jour, parce que je vous aime? Eh! bien, je l'aime, et je n'ai pas pu m'empêcher de l'embrasser; et je l'embrasserai chaque fois que je le verrai. Quel mal y a-t-il à cela? »

La pauvre baronne se trouvait dans un étrange embarras. Elle voyait un égal danger à laisser à Henriette son entière ignorance, et à l'éclairer au moment où les passions se déclaraient avec tant de violence.

« Quel mal y a-t-il donc à cela? demanda la jeune fille une seconde fois.

— Ma chère enfant, dit enfin Augustine, tu sais le vieux proverbe : *La familiarité engendre le mépris.* Il est tout simple que tu m'embrasses, et que tu sois

familière avec moi qui t'ai élevée ; personne n'y peut trouver à redire. Mais si
tu en agissais de même avec.... le pasteur, par exemple, que tu aimes aussi,
et qui a comme moi contribué à ton
éducation....

— Oh! n'ayez pas peur; je n'ai nulle
envie....

— Je le crois; c'était seulement pour
établir un point de comparaison d'où
je pusse partir pour te faire comprendre
qu'il est des familiarités qu'on peut se
permettre entre femmes, et qui ne seraient pas convenables entre une jeune
fille et un homme assez âgé, cependant,
pour être son père; par conséquent ces
familiarités sont encore plus repréhen-
sibles quand il s'agit..... d'un jeune
homme..... Comprends-tu ?

« — Pas trop; mais c'est égal : si vous jugez que cela ne soit pas convenable.... eh ! bien, je tâcherai de m'en abstenir... quoique pourtant cela me paraisse si simple.... C'est bien peu de chose qu'un ou deux pauvres petits baisers !

— Sais-tu, » reprit Augustine, qui ne trouvait aucun moyen de se tirer de ce mauvais pas, « que tu m'as rendue fort curieuse de voir ton chasseur ?

— Vrai ! vous voulez le voir ? Que j'en suis donc contente ! Il vient demain chez mon père, je lui dirai....

— Rien du tout; cette rencontre doit avoir lieu comme par hasard; autrement, il se mettrait peut-être sur ses gardes, et j'ai intérêt à ne pas lui donner le temps de se préparer.

— Eh! bien, nous n'avons qu'à nous aller promener demain dans la forêt; je sais où le trouver.

— Tu sais où le trouver, et tu ignores ce qu'il est, d'où il vient!... Ah! pauvre enfant! que de larmes amères je verserais si un jour tu avais à regretter les trompeuses jouissances d'un premier amour!... Je veux le voir!... je le veux... je *le dois!* »

Le ton qui avait accompagné ces derniers mots fit tressaillir Henriette; mais reprenant aussitôt sa tranquillité et sa gaîté, elle s'écria: « Oh! je ne crains rien pour lui de cette entrevue; il n'est ni sot ni timide.

— C'est ce que j'ai déjà deviné.

— Et je parie bien qu'il n'est embarrassé devant qui que ce soit.

— Cela peut être.... Comme je suis
encore faible, et hors d'état d'aller à
pied jusqu'à la forêt, nous nous y ferons
conduire en voiture; puis nous descen-
drons, nous nous promènerons quelque
temps....

— Et nous le rencontrerons, c'est sûr.
Dieu! que je suis contente! s'écria Henriette en sautant au cou de la baronne.

— Oui, oui, je *dois* le voir! » répéta
cette dernière d'un ton solennel; et le
reste de la soirée se passa rapidement
dans une douce causerie.

*****

CHAPITRE XXXIV.

*****

L'Amoureux.

La baronne n'avait pas obtenu sans peine qu'Henriette restât au château tout le jour suivant.

« Mais il va venir chez mon père ! disait-elle d'un air chagrin.

— Et il ne te trouvera point, puisque tu es ici, répondait la baronne en souriant. Le grand malheur ! Il ne faut pas qu'il s'imagine que tu as *besoin* de le voir.

— Il ne s'imaginerait rien que de vrai.

— Eh ! bien, il ne faut pas qu'il le *sache*, puisque tu veux disputer sur les mots. D'ailleurs, pour ne parler que de la privation que je t'impose, elle est bien légère : n'es-tu pas *certaine* de le rencontrer ce soir ?

— *Certaine !* comment puis-je en être certaine ? il n'est averti de rien....

— Non, mais son *instinct* d'amoureux l'avertira.... Dans tous les cas, ma chère enfant, une femme ne doit laisser

deviner qu'à regret combien elle souhaite la présence de l'objet aimé.

— Mon Dieu, petite marraine, combien vous rendez l'amour difficile! Cela
me paraissait hier si simple et si doux,
et voilà qu'aujourd'hui....

— Ma chère amie, les bienséances....

— Oh! les bienséances! toujours les
bienséances !

— Écoute, Henriette; tu ne peux croire
que mon intention soit de te contrarier
pour le plaisir de te contrarier : je veux
te faire encore une seule prière, et tout
sera fini.

— Quelle prière donc ?

— Lors même que ton jeune chasseur

serait un homme, non pas du vul-
gaire, mais enfin un homme qui n'aurait
aucune connaissance des petites délica-
tesses de ce qu'on appelle la bonne compagnie, il attacherait, sois en sûre, fort
peu de prix à un triomphe trop facile;
tu le verrais promptement se refroidir
et te chercher avec moins d'ardeur, à
mesure que tu en montrerais davantage;
la même chose arriverait encore, dans
le cas où il aurait au contraire quelque
connaissance du beau monde; mais alors
il y mettrait plus de politesse et de mesure. Je te prie donc, au moins pour les
premiers temps, de t'observer en l'ob-
servant lui-même; de retenir l'expression trop franche de tes sentimens, en
tâchant de t'assurer de la réalité des
siens... Henriette, me le promets-tu?

—A quoi sert de promettre ce qu'on
sent bien ne pouvoir tenir?... Tout cela

me semble si difficile... si difficile !...
pourtant j'essaierai. »

La journée parut interminable à la
pauvre Henriette ; elle était là, elle tra-
vaillait auprès de la baronne, mais son
esprit était ailleurs. Elle voyait Ernest
arriver chez son père, la chercher des
yeux inutilement, s'informer d'elle, et se
retirer fort mécontent, en l'accusant
peut-être d'indifférence, ou même de
dédain.

Lorsqu'à cinq heures on annonça que
les chevaux étaient mis, Henriette jeta
vivement son ouvrage, et ce ne fut pas
sans peine qu'elle se contraignit à attendre la baronne, qui n'avait jamais eu, au
moment de sortir, tant de choses à faire
que ce jour-là.

Augustine avait décidé qu'on se pro-

7..

mènerait en voiture pendant une heure
dans les environs, avant de se faire des-
cendre sur la lisière de la forêt, et il
fallut en passer par où elle voulait.

Henriette était d'une préoccupation
extrême; inutilement la baronne cher-
chait à fixer son attention sur la beauté
de la campagne; lorsqu'enfin elle parve-
nait à l'arracher à ses rêveries, c'était
pour s'entendre dire qu'il ferait plus beau
sous l'épais ombrage de la forêt que sur
ces coteaux découverts, encore échauffés
et colorés par les rayons du soleil couchant.

Il avait bien raison le poète qui a dit :

« Désir de fille est un feu qui dévore. »

Et une fille comme Henriette ne savait
rien désirer à demi. Si, dans le temps

où elle ignorait les passions, on avait eu
beaucoup de peine à opposer de justes
bornes à sa pétulance et à son activité,
que d'inquiétudes on devait éprouver
pour elle, que de tourmens elle devait
donner, maintenant que l'amour boule-
versait sa tête, faisait battre son cœur
et bouillonner son sang!

La baronne et la jeune fille, descen-
dues de voiture, marchaient ensemble
lentement vers l'endroit de la forêt où
se trouvait le chêne d'Henriette. Tout-
à-coup celle-ci jette un cri, et s'élance
au-devant du chasseur, qu'elle avait
aperçu la première.

Mais Ernest, au lieu de lui tendre les
bras comme elle s'y attendait, se con-
tenta de recevoir sa main dans la sienne
en s'inclinant avec un doux sourire, puis
il s'avança vers la baronne, sans paraître

s'apercevoir de l'embarras où cet accueil avait jeté Henriette. Le cœur serré, les joues en feu, elle avait retiré vivement sa main, et elle marchait derrière Ernest, la tête basse, les yeux remplis de larmes, éprouvant un dépit, un mécontentement qu'elle n'avait jamais connus jusqu'alors.

Le jeune chasseur, cependant, avait abordé la baronne avec cette aisance qui distingue en tout et partout les personnes de bonne compagnie; et la baronne n'avait pu s'empêcher de remarquer, dès le premier abord, qu'il était doué de cette beauté mâle et imposante que les femmes préfèreront toujours à des traits réguliers, mais efféminés.

« Combien je m'estime heureux, dit le jeune homme d'une voix pleine et sonore, que l'affection dont Votre Grâce

honore cette aimable fille, me procure
un bonheur auquel je n'avais pas la har-
diesse d'aspirer, celui de vous voir, Madame. Veuillez me permettre d'oser vous
en exprimer ma reconnaissance. »

Et d'un air respectueux il porta à ses
lèvres la main de la baronne. Celle-ci,
réellement surprise de se trouver ainsi
devinée, se remit pourtant assez promptement, et répondit avec douceur :
« Puis-je croire que ces paroles partent
vraiment de votre cœur ?

— Pourquoi Votre Grâce en voudrait-
elle douter ?

— Mais... à votre âge, on craint, en
général, la surveillance des personnes
qui peuvent le mieux conduire et diri-
ger le cœur sur lequel on a le désir, le
dessein.... de faire quelqu'impression !

— Cette remarque, Madame, est
pleine de justesse, mais ce n'est point
ici le cas d'en faire l'application. Loin
de *craindre* la surveillance de qui que
ce soit au monde, je souhaite, au contraire, que ma conduite, mes actions
soient attentivement examinées : j'ai la
présomption de penser que je ne peux
qu'y gagner dans l'esprit de Votre
Grâce, et dans celui de sa charmante
protégée. »

Ces mots avaient été prononcés avec
l'accent de la conviction et de la tendresse ; Henriette, sur laquelle la baronne s'appuyait et qui marchait à ses
côtés, feignit de ne les avoir pas en-
tendus, et cependant Dieu sait si elle
perdait une syllabe de tout ce que l'on
disait !

« Vous avez bien raison, Monsieur,

reprit la baronne, de dire que vous avez
la *présomption de penser que vous ne
pouvez que gagner à cet examen*. Lorsqu'on se *sait observé*, on *s'observe* beaucoup soi-même ; on n'agit plus alors
avec la même franchise, avec le même
élan.

— Il est vrai, répondit le chasseur
d'un air de négligence. J'ai eu tort, je
le vois maintenant, de vous parler, Madame, avec si peu de détours. Vous
m'observerez cependant ; mais, ne comp-
tant plus sur la certitude de ces *observations*, vous ne pourrez ou ne voudrez
pas me juger.... N'importe, je n'en arri-
verai pas moins à mon but.

— Si ce but est noble.... vous y ar-
riverez sans aucun doute ; s'il ne l'est
pas, au contraire, j'ose espérer que la
prudence et la raison sauront se réunir

7...

et protéger efficacement une jeune fille
digne d'être heureuse.

— Combien de jeunes filles paraissent,
comme Henriette, dignes d'être heureu-
ses, et combien cependant sont entraî-
nées dans un abîme de maux ! Et pourquoi? Parce que la raison et la prudence
ne peuvent opposer au torrent des passions qu'une digue impuissante !

— On dirait que vous parlez par expérience !.... Mais de ce que les passions
sont souvent plus fortes que la prudence
et la raison; de ce que le cœur des femmes est faible, s'ensuit-il qu'on puisse
sans remords, et pour satisfaire une fan-
taisie passagère, enflammer ce cœur,
exciter une imagination déjà trop mobile, empoisonner le présent et détruire
à jamais leur avenir?

— C'est comme si Votre Grâce de-

mandait si un honnête homme peut
vouloir fouler aux pieds la vertu, l'honneur, et se dévouer, de gaîté de cœur,
au mépris des gens honnêtes. Non sans
doute; mais mettez, du côté de l'homme,
la droiture, la sensibilité de cœur; du
côté de la jeune fille, les faux dehors de
l'innocence, la coquetterie se cachant
sous le masque de la candeur, les passions désordonnées se parant des couleurs de la naïveté, enfin la corruption
d'une âme pervertie se raillant du *sot*
qui laisse échapper l'occasion qu'on a
fait naître, et Votre Grâce verra lequel
est à blâmer du jeune homme ou de la
jeune fille…. Ah! j'ai vu le monde, je
l'ai vu!… et j'ai appris à me défier des
apparences! »

Un sourire amer entrouvrit les lèvres
du jeune chasseur au moment où il dit
ces mots, et Henriette sentit son cœur

se serrer comme sous une main de fer.

« Oui, dit la baronne avec un soupir, les apparences sont souvent trompeuses, et les passions surtout ne jugent que sur les apparences. La supposition que vous venez de faire n'est assurément pas dénuée de fondement; mais, pour quelques femmes qui sont la honte de leur sexe, combien voit-on d'hommes réputés gens d'honneur, qui ne se font pas scrupule de se jouer du repos, du bonheur de toute notre vie!

— Vous le savez, Madame? demanda le chasseur avec vivacité.

— Non, point par moi-même; mais ce que je sais par moi-même, c'est qu'on puise souvent l'infortune à la source où l'on croyait puiser le bonheur!

— Vous n'êtes donc pas heureuse, Madame ? »

A cette question, la baronne tressaillit, rougit, pâlit ; mais se rendant maîtresse de son émotion, elle dit en souriant d'un air mélancolique : « Avant de vous répondre, permettez-moi de vous demander ce que vous entendez par le bonheur ?

— Eh ! le sais-je moi-même ? On forme des désirs ; dans l'accomplissement de ces désirs on voit le bonheur, et, sont-ils accomplis, le bonheur nous échappe.... Oh ! pardonnez-moi, Madame, d'avoir étourdiment porté la main sur une blessure mal fermée.... Pardonnez-moi d'avoir été indiscret !

— Je vous le pardonne, répondit la baronne du ton le plus aimable. Mais

nous voici bien loin du point d'où nous
sommes partis.

— Nous y reviendrons promptement,
puisque vous voulez, Madame, que je
vous parle de moi. Le *moi* est quelque
chose de si important pour tous les
êtres animés!... Votre Grâce a raison
de renoncer à me juger, du moment que
je me sais observé; car, ajouta-t-il légèrement et gaîment, rien n'est plus facile que de se montrer ce qu'on n'est
pas. D'ailleurs, l'habitude du monde dé-
veloppe et entretient merveilleusement
le talent de se contrefaire. Ainsi, par
exemple, je pourrais, comme le serpent,
me plier, me replier en mille et mille
replis, et soudain échapper à celui qui
croirait disposer de moi en maître; je
pourrais également apparaître sous les
traits d'un impassible Allemand, qui va
droit devant lui, insensible et froid

comme un rocher autour duquel se jouent
les vagues, et dont la cime brave impu-
nément la tempête. Je pourrais encore...

— Et c'est au sein des forêts, et c'est
au milieu des occupations de la vie des
champs que vous avez acquis ces dangereux talens? demanda la baronne en
le regardant attentivement.

— Non, répondit le jeune chasseur
d'un air sérieux et triste. Jeté dans le
vaste monde sans parens, sans protec-
teurs, c'est à cette école pénible et souvent périlleuse que j'ai dû me former
moi-même. Il m'a fallu de bonne heure
apprendre à voir, à voir seul, à juger
par mes propres yeux; et ainsi j'ai découvert que dans tous les états, dans
toutes les classes, dans toutes les circonstances de la vie, chacun des indi-

vidus composant l'espèce humaine, sait
se faire un masque approprié au besoin
du moment.

— Et quel est celui dont vous jugez
à propos de vous couvrir maintenant ?
dit Augustine les yeux fixés sur les
siens.

— Que Votre Grâce daigne me le par-
donner ; mais je me présente devant
elle en *négligé*, c'est-à-dire sans apprêt,
sans masque trompeur.

— Je désire le croire, reprit la baronne d'un ton plein de douceur. Je le
désire pour le repos de cette jeune fille
que tous deux nous avons oubliée, quoiqu'elle ait été le principal motif de ce
bizarre entretien.

— Oubliée ! » s'écria le jeune chas-

seur en saisissant la main d'Henriette,
près de laquelle il avait constamment
marché depuis le commencement de la
promenade. « Henriette, ajouta-t-il en
élevant la voix, j'ai connu avant toi bien
des jeunes filles séduisantes et belles,
et je les ai *oubliées* !... Mais toi, si je
devais aussi t'*oublier* un jour... Oh !
qu'alors tout ton sexe cesse de me paraître digne de mériter un seul regard,
une seule pensée !

— Vos vues sur cette jeune fille », dit
la baronne, qui pressait le bras d'Henriette passé sous le sien, « vos vues sont
honorables et sérieuses ?

— Madame, l'homme accoutumé à
manquer à sa foi, ose seul promettre,
avant de savoir s'il pourra tenir parole.
L'homme honnête, au contraire, s'abs-

tient de s'engager ; il demande le temps
d'examiner, de réfléchir.... A quoi me
servirait-il de dire : *Cette jeune fille
sera ma femme!* Vous ne me croiriez
pas, en songeant que je la connais à
peine.

— Cette réponse est d'un honnête
homme, dit la baronne. Nous nous reverrons, monsieur Waller ; oui, nous
nous reverrons, et alors vous me direz
qui vous êtes.

— Votre Grâce vient elle-même de
me donner le plus beau de tous les
titres, le seul que mon cœur ambitionne,
le seul qui me paraisse digne d'envie,
celui *d'honnête homme!* Je mettrai,
Madame, tous mes soins à vous prouver
que j'en suis digne ! »

Ayant dit ces mots, le jeune chasseur

essa de ses lèvres la main d'Henriette, clina respectueusement devant la ba-ne, et s'éloigna à grands pas.

———————

******

CHAPITRE XXXV.

******

Encore des Sermons.

« Tu boudes, Henriette! dit la ba-
nne en se tournant soudain vers la
une fille, qui marchait les bras pen-
ns et la tête basse.

« — Non, je ne boude pas, répondit Henriette ; mais j'ai un poids sur le cœur!»

Un gros soupir suivit cette réponse.

«Quel poids! de quoi veux-tu parler?

— D'abord, il n'a pas fait du tout attention à moi! » Quelques larmes s'échappèrent et roulèrent alors sur ses joues brûlantes. « Ensuite, j'ai bien remarqué ce qu'il a dit des femmes qui ont l'air d'être ce qu'elles ne sont pas!... Dieu de Dieu! s'il allait s'imaginer....

— Que veux-tu qu'il s'imagine?

— Oh! vous m'avez mis bien des épines dans le cœur, en me parlant comme vous avez fait hier!

— Je ne te comprends pas, mon enfant.

—Mais moi je me comprends bien ! Ce que vous m'avez dit de la réserve qu'il fallait avoir, et que je n'ai pas eue; ce qu'il a dit aujourd'hui des filles coquettes et dévergondées....

—Le vilain mot! Pourquoi t'en servir?

— Il m'est venu sur la langue, et je l'ai dit sans y penser.... Oh! à présent je veux penser, penser toujours à ce que je dirai, afin qu'il n'aille pas se faire des idées.... de vilaines idées.... Tout cela est bien embrouillé dans ma tête ; mais je sens qu'il faut, comme vous me l'avez dit, ne pas lui laisser voir combien je l'aime. Il a été trompé, c'est bien sûr.... Un homme peut donc aimer plusieurs fois?

— Souvent, ma chère enfant, les hommes croient aimer, et n'aiment pas.

Les femmes aussi peuvent se faire illu-
sion; la vanité quelquefois les égare; par
vanité elles attachent du prix à un hom-
mage de peu de valeur; par vanité elles
s'enorgueillissent de se voir l'objet des
soins d'un homme que sa beauté, son
esprit distinguent, mais qui manque des
qualités les plus précieuses de toutes,
des qualités du cœur....

— Parlons de *lui*, je vous en prie. Il
est bien beau, n'est-ce pas?

— Monsieur Waller est fort bel
homme, en effet; mais ce qui fait le
charme principal de sa figure et de toute
sa personne, c'est une physionomie ouverte, ce sont des manières simples et
naturelles qui annoncent la franchise et
la bonté.

— Et que pensez-vous de lui?

— Ma chère amie, on ne saurait sans témérité se prononcer sur le compte de quelqu'un à la première vue. Il l'a dit lui-même ; les dehors sont souvent trompeurs. Mais il me paraît doué de beaucoup d'esprit, et de cette chaleur d'âme qui est l'un des plus beaux apanages de la jeunesse.... Au reste, je serai bien aise de le revoir avant de décider....

— Vous verrez que vous ne verrez rien ; il vous l'a dit aussi, et cela parce qu'il se sait observé.

— Par moi, oui, et par ton père peut-être. Ton père, mon enfant, a plus de perspicacité que moi pour deviner les hommes, je dois en convenir ; et quelqu'attention que Waller apporte à ne rien faire, à ne rien dire qui puisse donner mauvaise idée de lui, il ne saurait se contraindre si constamment, que quel-

que beau jour *le bout de l'oreille* ne
vînt à percer à son insu. Il y a des momens où l'être le plus dissimulé se trouve
entraîné malgré lui à se laisser voir tel
qu'il est. Mais il est un troisième observateur sur lequel Waller ne compte
pas....

— Moi, n'est-ce pas?

— Toi! dit la baronne en souriant.
Oh! Waller sait à merveille que les
yeux de la femme qui aime, sont couverts
du prisme de l'amour. S'il était capable
de le vouloir, ma pauvre enfant, il par-
viendrait à fausser ton esprit, comme
il est parvenu déjà à troubler ta raison.
L'amour est plus à redouter pour toi
que pour une autre, parce que tu ignores
la nécessité et l'art d'en cacher la vivacité.

— Eh! bien, alors, qui est donc ce
troisième observateur?

— Sébaldus.

— Monsieur le Pasteur?... Oh! vraiment, dit Henriette avec un sourire dédaigneux, je devine à l'avance de quelle façon il jugera.

— Combien tu te montres injuste, mon enfant, envers un homme qui t'a élevée, qui a soigné ton éducation avec un zèle, avec une affection bien rares! »

Henriette ne répondit rien.

« S'il t'avait poursuivie des expressions de sa tendresse, reprit la baronne; s'il avait laissé entrevoir des espérances.... mal fondées; si, enfin, il avait été repoussé, tu pourrais craindre les effets d'une humeur vindicative, dont je le crois, moi, tout-à-fait incapable. Il est des âmes, mon enfant, qu'une pas-

sion malheureuse rend plus tendres et
meilleures, et Sébaldus possède une de
ces âmes-là...... Va voir ton père; ra-
conte-lui mon entretien avec Waller;
écoute attentivement ses conseils; sois
franche avec lui comme tu l'as été avec
moi.... Son bon sens, sa droiture, unis
à son amour pour son Henriette, l'é-
claireront sur ce qu'il y a de mieux à
faire. »

La baronne, à ces mots, embrassa
tendrement la jeune fille, qui prit à pas
lents le chemin du village.

S'il faut tout dire, Henriette se flattait intérieurement de l'espoir de rencontrer une seconde fois Waller; mais
cet espoir fut déçu; et, le cœur gros,
elle arriva à la maison du forestier,
qu'elle trouva, comme de coutume, fumant une pipe devant sa porte.

Jean Pouff répondit affectueusement
au bonsoir de sa fille adoptive, et il lui
fit place à côté de lui, sur le banc où il
était assis.

« Pourquoi n'es-tu donc pas revenue
ce matin ? demanda-t-il en la regardant
fixément.

— Parce que madame la baronne a
voulu me garder auprès d'elle.

— Eh ! bien, moi, j'ai cru que c'est
que tu ne te souciais pas de la visite qui
t'avait été annoncée hier ? »

Henriette rougit et baissa la tête sans
répondre.

« Waller est venu, comme il l'avait
promis. Il m'a l'air d'un garçon instruit,
et aussi d'un brave garçon.

— N'est-ce pas? s'écria vivement Henriette.

— Ce n'est point, reprit le forestier, un de ces évaporés, un de ces présomptueux comme on en voit tant, qui ne daignent seulement pas faire attention aux discours d'un vieillard..... Reste à savoir s'il ne cherche pas à me flatter. Eusebia en est folle..... Ecoute, Henriette, moi j'aime à marcher droit, et quand il m'arrive de biaiser avec certaines gens, c'est que je veux éviter de me mettre en colère et de leur dire leur fait; mais, avec toi et avec Waller, je n'irai point par deux chemins. Tu es dans l'âge où les filles rêvent nuit et jour au mariage; Waller, quoiqu'il ne m'ait rien dit de positif, vient ici pour le bon motif; il en sait plus qu'il ne faut pour me remplacer un jour. Dans le cas où il agréerait à Son Excellence, tu ne

serais pas pour lui un mauvais parti ; les
choses peuvent donc s'arranger ; c'est-
à-dire si le jeune homme a des mœurs,
de la conduite : et je le saurai bientôt.
Voyant tout cela, je me suis dit : *Il faut
laisser les jeunes gens faire plus ample
connaissance : ils ont bonne envie de
s'aimer ; eh ! bien, il n'y a pas de mal
à cela.* Ainsi, j'ai permis à Waller de
nous venir voir aussi souvent qu'il vou-
dra. »

Henriette sauta au cou de son père,
et l'embrassa avec une vivacité qui fit
rire le bon vieillard. Après lui avoir
rendu ses caresses, il ajouta d'un ton
grave : « Mais il ne faut pas pour cela
lâcher la bride à ton cœur ; il ne faut
pas laisser voir au jeune homme ni lui
dire trop vite que tu es disposée à l'aimer....

— Il le sait déjà, repartit Henriette sans hésiter.

— Comment mille diables! Et qui le lui a dit?

— C'est moi, mon père.

— Millions de tonnerres! et quand cela?

— Hier.

— Ventrebleu! c'est aller vite en besogne!

— Je m'en vais tout vous raconter, si vous voulez?

—Raconte, raconte à l'instant même!»

Henriette raconta, raconta, non sans

interruptions fréquentes de la part du
vieux forestier, qui n'avait pas, il s'en
fallait, la patience de la douce Augustine.

« Ce qui est fait est fait, dit-il quand
sa fille adoptive n'eut plus rien à dire.
Mais, Henriette, pour Dieu, ne va pas
plus loin, entends-tu ! Il faut prendre
garde que Waller ne s'imagine que tu te
jettes à sa tête !... Heureusement la dé-
marche de notre bonne baronne lui
prouve que tu es aimée, estimée et hautement protégée ; mais si tu te conduis
comme une folle, cela n'empêchera point
qu'il ne prenne mauvaise opinion de toi ;
et si, par la suite, il devenait ton mari,
qui sait s'il ne reprocherait pas sévère-
ment un jour à sa femme, les étourderies
de la jeune fille !.... Allons, voilà de la
morale assez pour ce soir. Surtout ne dis
mot à Eusebia de tout ceci, et ne prends

8...

pas au pied de la lettre les éloges qu'elle
fera de Waller : il lui a jeté de la poudre aux yeux, et elle est toute prête à le
reconnaître pour honnête homme, parce
qu'elle le croit riche et disposé à se
montrer généreux. »

Ainsi catéchisée, endoctrinée, sermo-
née, la pauvre Henriette s'en alla aider
sa mère adoptive à préparer le souper,
et elle reçut encore ici des leçons de
morale; mais de cette morale aisée qui
défend de faire mal, non par aversion
du mal en lui-même, mais par la pensée du préjudice qui pourrait en résul-
ter. Ainsi, par exemple, dame Eusebia
insistait moins sur le danger de perdre
l'estime d'un amant, que sur celui de
ne pas trouver en lui un époux, si l'on
se montrait trop accessible à sa tendresse, trop prompte à partager les sentimens qu'on avait su inspirer.

« Pour amener les hommes au mariage, il faut un peu de coquetterie, disait-elle ; plus un homme trouve de difficultés, plus il s'entête à les surmonter, plus son amour-propre est intéressé à en triompher. Dans le cas contraire, le contraire arrive aussi, et telle jeune fille qui aurait pu faire un excellent établissement, le perd, faute d'avoir su cacher l'envie qu'elle avait de se marier ; je sais cela, vois-tu, par expérience ! »

Dame Eusebia avait beau jeu avec Henriette, celle-ci l'écoutant en silence et ne lui opposant aucune objection.

La pauvre fille, qui avait cru pouvoir suivre en toute sécurité les mouvemens de son âme innocente et pure, ne savait plus où elle en était. Il lui avait paru si simple et si doux d'aimer ! Et la baronne, l'honnête Pouff, Eusebia elle-même, se réunissaient pour lui prouver que rien n'était moins simple et moins doux !

Au souper, Henriette se montra triste et rêveuse, et elle était encore triste et rêveuse lorsqu'après cette journée de contrariétés, elle se retira dans sa petite chambre pour y aller chercher, dans le sommeil, l'oubli des peines passées et des chagrins à venir.

******

CHAPITRE XXXVI.

L'Étourdie.

« Mon père, dit Henriette le jour suivant au vieux Pouff, si vous voulez j'irai
avec vous voir vos arpenteurs?

— Tu peux partir devant, répondit
le vieillard.

— Non, reprit Henriette en rougissant; je préfère m'en aller avec vous.

— Est-ce que tu as peur maintenant de *le* rencontrer?

— Pas du tout; mais je ne veux pas qu'*il* croie que....

— Que tu *le* cherches, n'est-ce pas?... Eh! bien, nous nous en irons ensemble. C'est plaisir de te donner des conseils, Henriette, parce que si cela te fâche d'abord, tu finis après par en profiter. »

Le forestier et sa fille étaient à peine sortis du village, que Waller se montra soudain, la gibecière passée en bandoulière, le fusil sur l'épaule, et suivi de son chien.

« Je vous accompagnerai si cela vous

est agréable, dit-il au vieux Pouff après les premières salutations.

« — Volontiers! » répondit celui-ci d'un air ouvert. Quant à Henriette, elle affectait tant qu'elle pouvait un air d'indifférence parfaite, de froideur même, et Dieu sait pourtant si elle était contente de cet heureux *hasard !*......

La conversation s'engagea; les deux chasseurs parlaient métier; Pouff était charmé autant que surpris des connaissances que montrait son nouvel ami; Henriette, tout-à-fait sous le charme, jouissait en silence de l'admiration qu'il inspirait à Pouff, et de celle qu'elle-même ressentait. Quelques regards furtifs jetés à la dérobée sur Waller, lui firent bientôt découvrir qu'aussi, lui, il la regardait souvent; leurs yeux se rencontrèrent enfin; Henriette rougit, détourna la tête; mais peu à peu elle s'accoutuma à chercher les regards que d'abord elle avait fuis. Bientôt un sourire répondit au sourire si séduisant et si doux qui lui était adressé, et, au bout d'une heure, Henriette avait repris son aisance accoutumée; elle se mêlait à l'entretien, avec retenue cependant, et elle jugeait, à l'expression de la figure d'Ernest, qu'elle gagnait de plus en plus dans son esprit.

Ce traître d'amour, pour établir son empire, fait trouver tout d'abord, dans les choses les plus indifférentes, une foule de jouissances aussi nouvelles qu'enivrantes : Henriette l'éprouvait. Waller cependant s'occupait peu d'elle, du moins en apparence; mais il était là; mais elle le voyait; mais elle entendait le son de sa voix; mais un regard approbateur ou caressant venait lui faire sentir délicieu-

sement qu'elle montrait, sans y songer
pourtant, de l'esprit, de l'amabilité;
qu'on était content d'elle, qu'on l'aimait,
et elle se trouvait heureuse, heureuse
au-delà de toute expression.

Waller n'était pas moins heureux de
son côté, et le vieux Pouff nageait dans
la joie pour ainsi dire, en voyant son
jeune ami plus capable que lui de diri-
ger les travaux de l'arpentage, par une
méthode toute nouvelle et qui abrégeait
singulièrement la besogne. Personne n'é-
tait moins envieux des talens des autres
que le brave Jean Pouff; quoique peu
instruit, il savait apprécier la véritable
science à sa juste valeur; et si l'habitude
de la routine lui faisait rejeter avec quelqu'aigreur les inventions nouvelles, la
bonté de son jugement et de son cœur
le ramenait promptement à en reconnaître la supériorité réelle.

« Je voudrais, disait-il à Waller, voir
tomber entre vos mains un prétendu sa-
vant que nous avons ici, André Schneuss.
Pour celui-là, il m'a toujours trouvé
indocile, attendu que mon gros bon sens
m'a toujours dit qu'il en savait encore
moins que moi. Mais je baisse pavillon
devant vous, mon cher Waller, parce
que votre science, à vous, n'est pas seulement celle des mots ronflans et vides
d'idées, d'idées nettes surtout. »

Le temps s'enfuit rapidement quand
on le passe auprès de ce qu'on aime.
Henriette aurait voulu que cette douce
matinée ne finît jamais; elle aurait voulu
que Waller acceptât l'invitation à dîner
qui lui était faite; mais il la refusa, et se
sépara du forestier et de sa fille au moment où l'on apercevait les premières
maisons du village.

« A demain, dit-il à Henriette d'un

ton significatif, et en désignant d'un geste la forêt.

— A demain,» répondit le digne Jean Pouff, qui crut que Waller s'adressait à lui. « Venez prendre le café avec nous, ajouta-t-il; et nous nous mettrons en course ensemble.

— A cette heure-là, répondit Ernest dont les yeux étaient attachés sur Henriette, je serai fort occupé. »

La jeune fille, croyant le comprendre, rougit.

« Eh! bien, alors nous nous rencontrerons dans les champs comme aujourd'hui; car je viendrai du même côté.

— C'est cela! » Et l'on se sépara.

Le reste du jour, Henriette n'entendit

autre chose que l'éloge de son Ernest :
Jean Pouff en était dans l'enchantement;
il raconta à Eusebia et à deux ou trois
voisins, les merveilles que le jeune chasseur opérait par ses connaissances pro-
digieuses, et le soir, en baisant Henriette
au front, il lui dit tout bas : « Tu peux
l'aimer tant que tu voudras; c'est un
brave garçon, que je présenterai à Son
Excellence comme capable de me remplacer, et bien au-delà. Ainsi, aime-le;
il t'aime aussi.... Nous serons tous heureux. »

« Aime-le tant que tu voudras ! » se
répétait le lendemain Henriette, qui était
debout dès l'aurore. « Puisque je peux
l'aimer tant que je voudrai, je peux aussi
le lui dire !.. Il m'attend sous le vieux
chêne.... c'est bien sûr.... Pourquoi n'i-
rais-je pas ?.. Avec toutes ces idées qu'on
m'a mises dans la tête.... bientôt je n'o-

serais plus bouger!... Voilà déjà je ne
sais combien de jours que je ne sors
plus.... du moins toute seule.... Il croira
peut-être que je veux le fuir....»

Tout en parlant, Henriette fermait le
dernier bouton de son amazone, et je-
tait un regard de complaisance sur son
petit miroir; malgré elle, elle se trouvait
jolie, bien jolie.... Après quelques minutes d'hésitation, son parti fut pris;
elle descendit légèrement l'escalier, tra-
versa la salle basse encore déserte, ouvrit la porte, puis l'ayant refermée derrière elle, elle gagna la forêt en marchant d'un pas ferme et décidé.

Jamais la nature ne lui avait encore
paru si belle; jamais elle n'avait prêté
une oreille aussi attentive au concert
matinal des oiseaux voltigeant dans le
feuillage; jamais l'air ne lui avait semblé

si enivrant et si parfumé; à mesure
qu'elle avançait sous les arbres, elle ra-
lentissait involontairement sa marche.
Enfin elle arriva à son vieux chêne;
Waller n'était pas là, et Henriette en fut
bien aise; cependant elle était venue
dans l'espoir de le trouver. Mais qui
pourrait expliquer les mille et mille sentimens contraires se pressant à-la-fois
dans le cœur, ou l'agitant tour-à-tour?

Une douce et tendre rêverie s'empara
d'Henriette; son imagination complai-
sante et vive lui présentait le séduisant tableau du bonheur qu'elle goûterait, lorsqu'unie pour la vie à son Ernest, elle le
verrait partager les soins qu'elle voulait et
devait prodiguer à son père; il la suivrait
partout, dans les champs, dans les bois;
leurs occupations étant les mêmes, rien
ne les séparerait, rien ne les empêcherait
d'être toujours, toujours ensemble...

« Mon Ernest! » dit-elle d'une voix
émue en joignant les mains avec amour
et en levant les yeux au ciel... Un cri
s'échappe de ses lèvres : Ernest est là,
appuyé sur son fusil, et il la regarde!...
comme la première fois qu'il lui est ap-
paru...

« Ne m'attendiez-vous donc pas? dit
le jeune chasseur, qui s'asseoit auprès
d'elle...

— Si.... je pensais.... que vous vien-
driez.... mais je ne savais pas.... je ne
croyais pas....

— Calmez-vous, ajouta-t-il en lui
prenant la main. Nous nous connaissons
maintenant; nous ne sommes plus des
étrangers l'un pour l'autre. Je suis venu
hier soir en ces lieux, parce que je
m'étais flatté de l'espoir que vous y vien-

driez aussi; mais cet espoir a été trompé...
Je croyais pourtant que déjà nous savions
nous entendre? »

Henriette se taisait; elle était embarrassée, tremblante; le naturel l'empor-
tant enfin sur toutes les réflexions que
les représentations de la baronne et du
forestier avaient fait naître dans son esprit, elle s'écria avec vivacité : « Tenez,
je vous aime; vous le savez bien, puisque
je vous l'ai dit. Mais on a prétendu que
j'avais eu tort....

— De m'aimer ?

— Non, de vous le dire. La baronne
qui est ma meilleure amie, et à qui j'a
tout raconté; mon père aussi, et jusqu'
la femme de mon père, m'ont fait de
sermons à n'en plus finir; ils m'ont tou
dit qu'une jeune fille ne devait pas...

d'abord ne devait pas aimer quelqu'un qu'elle ne connaissait point, et ensuite qu'elle ne devait pas non plus le lui dire. Mais moi, je n'ai jamais su cacher ce que je pense et ce que je sens; il faut absolument que je le dise.

—Ah! s'écria Waller d'un ton animé, ne souffrez pas qu'on altère cette rare sincérité! Conservez-la toujours.... puisque vous n'êtes pas destinée à vivre dans le monde! Dans le monde, où il faut tromper et mentir aux autres comme à soi-même!.... On vous avait sans doute défendu de me voir..... en particulier?

— Oh! mon Dieu oui.

— Et comment se fait-il que vous ayez pu vous décider à enfreindre cette défense?

— Mon père m'a dit hier en rentrant :

Aime-le tant que tu voudras! Moi, je
ne demande pas mieux....

— Mon Henriette, est-ce vrai, bien
vrai? demanda Waller en l'entourant de
ses bras.

— Pourquoi le dirais-je si cela n'était
pas? » répliqua Henriette qui se pen-
cha sur son épaule avec un tendre abandon.

« Pourquoi?.... Hélas! il est tant de
femmes qui se font un plaisir barbare de
faire naître un amour qu'elles ne veulent
point partager!

— Je n'ai jamais été de ces femmes-
là, répliqua Henriette en relevant la
tête avec fierté. J'ai eu des *adorateurs,*
comme dit la comtesse; mais ils ont su
tout de suite que je ne voulais point
d'eux.

— Vous avez eu des adorateurs?

— Oh! beaucoup; des militaires surtout.

— Des militaires surtout!

— Oui; et ce qu'il y a de plus drôle,
c'est que je suis allée les chercher.

— Les chercher! »

Henriette éclata de rire en voyant l'air
décontenancé d'Ernest et le mécontentement avec lequel il la regardait.

« J'en ai encore bon nombre, ajouta-
t-elle avec gaîté; mais ceux-ci ne portent ni sabre ni moustaches.

— Et ils habitent ce village?

— Oui. Il y a d'abord le pasteur......

9..

— Sébaldus ?

— Tiens ! vous savez déjà son nom ?

— Ah ! il est amoureux de vous ?

— Il ne me l'a point dit ; mais je l'ai
deviné, c'est si facile !

— Vraiment ! dit Ernest avec amertume.

— Très facile, je vous assure, et voici
pourquoi : il est jaloux, jaloux de tout
le monde.

— Ah ! ah ! peut-être a-t-il quelque
motif de l'être ?

— Oui, à présent, » répondit Henriette, et son regard caressant s'attachait
sur Ernest, qui baissa les yeux ; il semblait être partagé entre le plaisir que lui

causaient ces paroles et un doute pénible.

« Mais auparavant ? dit - il après un
moment de silence.

— Il n'a jamais eu la plus légère raison de croire que j'aimais le jeune
poète....

— Le jeune poète !.... Ah ! vous avez
des poètes ici ?

— Nous n'en avions qu'un seul,
Durst, du village de Lammersfeld. Notre
bonne comtesse en a fait un intendant.
Elle l'a envoyé, il y a deux ou trois
mois, comme surveillant, à sa terre de
Neerbourg. Il n'est plus poète du tout ;
Sa Grâce l'a guéri de sa manie de rimer,
en exigeant de lui qu'il fît ses rapports
en vers.... Ensuite, j'ai pour amoureux

le fils aîné du bailli, Eschenbach.....
Pour celui-là, si vous voulez que je vous
le dise, mais en secret....

— Eh ! bien ?

— Je crois que c'est un des plus har-
dis des braconniers qui désolent la con-
trée.... Du moins mon père en est persuadé.

— Comment ! le fils du bailli ?

— Mon Dieu oui ; de l'homme justement chargé de les punir : n'est-ce pas
abominable ! Aussi, gare à lui si je le
prends !

— Est-ce que vous vous mêlez de ces
choses-là ?

— Pourquoi non ?

— Parce que cela n'est pas convenable.

— Allons, vous voilà aussi comme la baronne et le pasteur ; ils sont toujours à me dire : ceci n'est pas convenable ; cela blesse les bienséances....

— Eh ! bien, Henriette ! » dit une voix : c'était celle de Pouff, qui se montra aussitôt sortant du fourré ; « voilà donc comme tu es en route pour aller au château ? »

Henriette se leva, rougit, et dit : « Il est encore si matin !....

— Mais sept heures sont sonnées partout, et madame la baronne n'est point paresseuse. Moi, je te croyais auprès d'elle depuis long-temps...... Waller, vous venez avec moi, n'est-ce pas ? »

Le jeune chasseur répondit que oui.

« Adieu, dit Henriette avec le plus aimable sourire, ou plutôt à revoir.

— Adieu, » répliqua Waller assez froidement; mais cette froideur n'inquiéta point la jeune fille; les *convenances* exigeaient apparemment qu'il fût plus grave avec elle en présence de son père que dans le tête-à-tête, et elle partit en chantant.

******

CHAPITRE XXXVII.

******

Les Inquiétudes.

Le brave Pouff fut long-temps à s'a-
percevoir que son compagnon ne se
montrait pas aussi gai que la veille, par
la raison que, galoppant sur son grand
cheval de bataille, la gestion de tout ce

9...

qui concerne les eaux-et-forêts, il se laissait aller au plaisir de parler sans être
interrompu, bien persuadé que son au-
diteur était tout oreille. A la fin pourtant, ayant inutilement attendu la réponse à une question qu'il venait de lui
adresser, il s'écria tout-à-coup en riant :
« Où diable êtes-vous? A la suite d'Henriette, je le parie ! »

Ernest tressaillit, et sortant en sursaut
de sa rêverie, il dit d'un ton amer :
« Je pensais à l'impossibilité où sont les
hommes de pénétrer jamais dans les mille
et mille replis du cœur des femmes !

— Si c'est à propos d'Henriette que
vous dites cela, Waller, je vous répondrai que voilà la preuve que vous ne la
connaissez pas du tout ; car rien n'est
plus facile que de lire dans ce cœur-
là. »

Waller soupira et garda le silence.

« C'est même, à bien dire, reprit le forestier, le seul reproche sérieux qu'on ait à lui faire. Je n'ai jamais vu d'enfant pareille à celle-là ; tout ce qu'elle a dans l'âme, elle le dit, au risque d'être réprimandée, grondée. Mais c'est une tête.... une tête qui n'est pas facile à mener !... surtout quand la raison contrarie les mouvemens de son excellent cœur. Dès qu'il s'agit de rendre service, Henriette ne connaît pas d'obstacle ; elle remuera ciel et terre, elle bouleversera tout, s'il le faut.... Le pasteur lui-même, quoiqu'elle le respecte comme elle le doit, n'en peut venir à bout ; elle lui riposte bel et bien, sans crainte et sans honte.

— Oh ! dit Waller, lorsqu'une femme sait qu'elle est aimée, elle abuse souvent de son empire.

— Ce que vous dites là ne va point non plus à mon Henriette ; elle n'a pas l'ombre de coquetterie.

— Elle a cependant bien des *adorateurs*.

— C'est vrai ; mais c'est qu'elle est si jolie, si séduisante, si gentille !...

— Le pasteur l'aime beaucoup ?

— Oui, d'amitié.... Et peut-être y a-t-il bien quelques petites choses de plus... Au reste, c'est une idée qui me vient par-ci, par-là.... J'ai eu peur, par exemple, qu'un certain poète....

— Ah ! oui ; j'ai entendu parler d'un poète....

— Oh ! si vous écoutez les mauvaises

langues du village, vous entendrez parler de bien des choses qui n'ont pas le
sens commun. Henriette est une franche
étourdie ; mais l'enfant qui vient de
naître n'est pas plus innocent et plus
pur.... S'il en était autrement, Son Excellence lui aurait retiré sa protection.

— Son Excellence peut quelquefois
se tromper sur le compte des objets de
sa prédilection, repartit Waller.

— La remarque est..... singulière !
s'écria Pouff en s'arrêtant devant le jeune
chasseur, et en le regardant fixément.

— Elle n'a aucun rapport à ce qui
touche votre Henriette, répondit Ernest
paisiblement ; elle m'a été suggérée par
le souvenir de quelques observations que
j'ai déjà pu faire sur ce qui se passe
ici.... Il m'a semblé que certains agens

de la comtesse usent largement; ou plutôt abusent du pouvoir qui leur est confié.

— Son Excellence est si bonne....

— Qu'on la trompe aisément, n'est-il pas vrai?

—Je ne dis pas cela; mais une femme, voyez-vous, n'a pas toujours la main assez ferme..... Et lorsqu'à la faiblesse elle joint un bon cœur....

— Et l'amour de la flatterie....

— Pas un mot de plus là-dessus, si vous voulez que nous restions bons amis! Il y a ici des abus, c'est vrai; mais il y en a partout. Moi je ne suis point un espion; je fais mon devoir sans nuire à personne; mes rapports, je pourrais les montrer à ceux-là mêmes dont je me

plains, parce que je n'y mets que la vérité; après cela, Son Excellence décide,
et j'obéis.

—Vous êtes un brave et digne homme,
monsieur Pouff. Mais ne craignez-vous
pas qu'on ne cherche à vous nuire auprès de la comtesse, et que quelque
jour.....

—Oh! je sais, des amateurs qui ne
seraient pas fâchés d'avoir ma place,
ou tout au moins la survivance.... Mais
Son Excellence connaît mon dévouement
à la famille : aussi je ne crains rien quant
à présent, ni pour la suite non plus ;
c'est notre pasteur qui a élevé notre jeune
seigneur.

— Oui, mais ce jeune seigneur vou-
dra peut-être, à son retour, tout bouleverser ; vous savez le proverbe : *Nouveau saint, nouveaux miracles.*

— Je vous répondrai que *bon sang ne peut mentir;* le digne pasteur nous a fait de son élève des récits qui nous promettent de beaux jours; ainsi dans le cas.... où ce que je désire aurait lieu.... vous pouvez être certain que ma place appartiendra au mari de mon Henriette. »

Il y avait tant de franchise dans l'accent qui accompagna ces paroles, que Waller, vivement touché, tendit avec effusion la main au bon vieillard, en lui disant : « Ce que vous *désirez,* je le *désire* aussi ; mais permettez que je ne promette rien, que je ne m'engage à rien... avant de savoir... avant de m'être assuré.... C'est quelque chose de si sérieux que le mariage !

— Vous avez raison, répondit Jean Pouff, et j'aime à voir ce sentiment dans un homme de votre âge. Examinez donc,

assurez-vous donc de ce que vous voulez savoir ; mon Henriette ne peut que
gagner à être bien connue..... Mais....
non ; je suis tranquille, tout-à-fait tranquille, car vous êtes un honnête homme. »

Waller, pour toute réponse, serra la
main du bon vieillard, qui ajouta aussitôt : « Oui, quelque chose me le dit ; et,
comme je connais mon Henriette, je
suis certain que tout cela s'arrangera de
la façon que je le souhaite.... C'est pourtant singulier, la confiance que vous
m'avez inspirée tout d'abord ! Et à présent je répondrais de vous comme de
moi-même, quoique pourtant.....

— Les honnêtes gens se devinent
entre eux, répondit Waller d'un ton sérieux.

— Comme les fripons se sentent l'un

l'autre d'une lieue. Pourtant les fripons prennent quelquefois un masque....

— Qui ne tarde guère à tomber.

— Oh! pas si vite que vous le croyez.

— Je le sais; mais si l'on est souvent trompé, il est cependant des circonstances où une voix intérieure vous crie plus haut que la raison : *Ne crains rien, tu peux ici te confier en toute assurance!*

— Et c'est justement ce que me dit pour vous *ma voix intérieure,* » repartit le bon forestier avec un sourire plein d'affection. « Ainsi, jeune homme, faites votre cœur ouvertement, honnêtement, comme il convient, et puis nous verrons. Ah! ah! nos arpenteurs ont déjà bien avancé leur besogne; voyons où ils en sont depuis hier! »

Peu importait à Waller; il aurait voulu
en ce moment être seul; il se sentait
mal avec lui-même, parce que sa conscience lui disait tout bas que si, en
quelques points, sa conduite n'avait rien
de répréhensible, en quelques autres
elle n'était pas absolument telle qu'il
l'aurait fallu pour lui mériter le titre
d'*honnête homme*. C'est une chose ter-
rible que cette conscience qui parle sans
qu'on l'interroge, et qui ne se laisse ni
éblouir, ni imposer silence par les so-
phismes de l'esprit ou du cœur!

Sous un prétexte plausible, le jeune
chasseur dit adieu au brave Pouff plus
tôt que de coutume, et se mit en route
à travers champ pour regagner la ferme
isolée, et distante de près d'une lieue de
Spielberg, où il avait établi ses *quar-
tiers*. Il trouva en arrivant celui qu'il
appelait son camarade, et qui n'était en

effet que son valet, occupé à dévorer un morceau de chevreuil, que M. Hanz arrosait généreusement avec de la bière forte.

Hanz, à la vue de son maître, se leva vivement, et s'essuyant la bouche sur le revers de sa manche, il attendit d'un air respectueux les ordres du jeune chasseur.

« Suis-moi, » dit Waller en se rendant à la chambre qu'on lui avait cédée depuis quelques jours. « Eh ! bien ? ajouta-t-il lorsque Hanz eut fermé la porte.

— Eh ! bien, Votre Grâce, répondit Hanz, si l'on en croit les propos des vieilles et des jeunes, la demoiselle en question a eu pour amant tous les officiers du dépôt de la ville de S..... ; plus

un gazetier qu'elle est allée visiter, sous
prétexte de voir la foire de Wemel; plus
un jeune poète, véritable meure de faim,
sec comme un clou, laid comme une
chenille; plus un certain peintre, qui est
venu dans le temps restaurer le château;
celui-là passe pour être le premier en
date....

— Il suffit.

— Comme il plaira à Votre Grâce;
mais si Votre Grâce me permettait de
continuer, elle verrait que tout cela ne
signifie pas autre chose que de la jalousie, de l'envie de la part des vieilles et
des jeunes, et du dépit de la part des
amoureux rebutés.

— Continue donc.

— D'abord, quant à ce qui regarde
les officiers, ils ont tiré leur poudre aux

moineaux; Son Excellence madame la
comtesse les a congédiés tous ensemble
pour ne pas faire de jaloux, et la *Virago*
ne les a point pleurés du tout; quant au
jeune peintre et au piqueur en chef,
c'était pour le bon motif; la *Virago* n'a
voulu ni de l'un ni de l'autre, ni du marguillier, ni du fils du bailli, ni de personne enfin : quant au gazetier et au poète,
l'affaire n'est pas aussi claire que pour le
reste; pourtant il paraît qu'il n'y a rien
eu non plus de ce côté-là, que des his-
toires. Son Excellence madame la comtesse s'en est aussi mêlée, et cela a mis
fin au discours. Du reste chacun aime
cette jeune fille; on la dit bonne comme
un ange, obligeante, serviable, trop
peut-être, parce que cela l'entraîne...

— Trève de morale. Y avait-il, parmi
ces officiers, des gens titrés, riches, bien
dotés du côté de la figure ?

« — Oui, Votre Grâce ; on m'a beaucoup parlé du comte de L..... surtout ;
celui-là était amoureux comme un fou ;
il a offert des bijoux, des étoffes, de
tout ; on l'a refusé net, et même comme
il avait osé venir chez le vieux Pouff,
celui-ci l'a mis à la porte sans céré-
monie....

— Il suffit, » dit encore Waller ; son
front était soucieux ; il s'en voulait d'a-
voir chargé son valet de prendre des in-
formations sur Henriette, et il se [illisible]
tout bas : « J'aurais dû m'en tenir à celles
que le hasard pouvait me procurer, et
aux découvertes que je suis à même de
faire chaque jour. Quand donc cesserai-je
de suivre ainsi les premiers mouvemens
d'une humeur inquiète et jalouse ? »

Depuis long-temps Hanz s'était retiré,
et Waller, les bras croisés sur la poitrine,

marchait encore de long en large dans
sa chambre. Son agitation était grande;
il paraissait éprouver beaucoup d'irréso-
lution.... Soudain le calme rentra dans
son cœur.

« Je ne suis qu'un fou! s'écria-t-il en
s'asseyant près d'une table couverte de
papiers. Vouloir la juger d'après les idées
reçues, ce serait la condamner, et la condamner injustement. On ne peut la com-
parer à personne..... qu'à elle-même.....
Oui, si j'ai rencontré enfin ce que jusqu'à
présent j'ai cherché en vain, une femme
sans artifice, incapable de coquetterie ou
de détours... ma volonté saura renverser
tous les obstacles..... Je sais déjà ce que
peut une volonté ferme..... Mais si elle
aussi.... Non, c'est impossible..... je
lis dans son cœur aussi bien qu'elle-
même!.... »

Et pourtant des inquiétudes involon-
taires tinrent Waller éveillé une partie
de la nuit ; malgré lui, le gazetier et le
poète revenaient sans cesse à son esprit...
Hélas ! amour et jalousie se donnent la
main !

******

CHAPITRE XXXVIII.

******

Le véritable amour.

« Mais comment donc savez-vous toutes ces choses-là ? » demandait deux jours après Henriette au jeune chasseur qu'elle avait rencontré *par hasard* près

10..

du vieux chêne, et dont les questions l'étonnaient.

« Peu importe , répondit Waller, *comment je les sais;* mais il m'importe beaucoup d'en recevoir l'explication de votre bouche.

— Mon Dieu, je vous dirai tout ce que vous voudrez, c'est-à-dire tout ce que je me rappellerai, car il y a si long-temps de cela !.... Par exemple, le pein-tre Abel, eh! bien il faisait mon portrait partout, sur les murailles, sur les pla-fonds... Le marguillier, les officiers, me disaient que j'étais belle comme une di-vinité; le poète faisait pour moi des vers qu'il n'a jamais pu achever....

— Et le gazetier; le romancier?

— Oh! pour celui-là, dit Henriette

en rougissant d'indignation, c'est un
maroufle à qui j'ai fait sentir le poids de
ma main !

— Contez-moi à quelle occasion. »

Henriette ne voulait pas ; mais comment refuser quelque chose à Ernest ?
En moins d'une heure, il sut tout ce
qu'il voulait savoir, et devant ses yeux
s'ouvrit avec candeur cette belle âme si
simple, si naïve, si pure, et qui n'avait
jamais formé une pensée dont elle eût à
rougir.

« Ainsi, » dit-il avec un regard où
brillait la joie la plus vive, « aucun
homme, avant moi, n'a fait battre ton
cœur ?

— Oh ! non ; il n'a battu que pour toi,
et il ne battra que pour toi !.... Tiens,

ajouta Henriette d'un air plein de tendresse; si c'était un autre que toi qui me
fît cette question.... Mais non, toi seul
tu peux la faire, parce que tu n'as pas
connu tous ces messieurs dont on t'a
parlé pour te tourmenter.

— Le comte de L.... cependant était,
m'a-t-on dit, un fort joli cavalier; il
avait un rang dans le monde, de l'esprit,
de la fortune; il était généreux....

— Ah! fi, Monsieur! s'écria Henriette
vivement. Est-ce que c'est cela qu'on
aime quand on aime!

— Comment!

— Mais sûrement : est-ce que l'amour
s'achète?

— Quelquefois.

— Alors ce n'est pas de l'amour.

— Qu'est-ce que c'est donc?

— C'est de la honte, c'est le mépris des honnêtes gens et celui de son propre cœur ; c'est ce qu'il y a de plus vil, de plus bas au monde.

— Ma chère amie, il ne faut rien exagérer. Un amant généreux, un amant qui peut satisfaire les fantaisies de celle qu'il aime....

— Ce n'est pas un amant ; c'est un libertin ; un amant ne pense pas que l'amour puisse *s'acheter*; un libertin sait que les *faveurs* se paient.

— Jarnidié! que vous en savez long! s'écria Waller en riant de la naïveté sérieuse d'Henriette.

— Ce n'est pas ma faute, » dit-elle
d'un ton plein de douceur, et qui formait un singulier contraste avec sa pétulance accoutumée. « Ces messieurs
voyaient en moi une pauvre fille sans
nom, sans parens, sans famille, et ils
voulaient *me faire un sort;* c'est ainsi
qu'ils parlaient.... parce qu'il y a de ces
choses qu'on ne peut pas dire tout crû-
ment.... Je me suis amusée de leurs....
complimens, tant que je n'ai pas su ce
qu'ils entendaient avec leurs offres de
service.... Mais après.... oh! après, si
j'avais été homme!.... Toi, tu n'es pas
comme cela. Tu m'aimes, et puis voilà
tout. Moi, je t'aime aussi; je t'aime
parce que c'est toi, parce que je ne peux
pas faire autrement. Il paraît que tu n'es
point pauvre : eh! bien tant mieux; je
serais fâchée que tu fusses obligé de re-
courir à moi, comme le pauvre Durst;
et pourtant tout ce que je possède, oh!

je te le donnerais si volontiers !....

— Mon Henriette! s'écria Ernest ravi et en la serrant contre son cœur.

—Oui, continua-t-elle avec tendresse, j'aurais du plaisir à faire ta fortune, et cependant je serais fâchée, pour toi, que tu fusses dans la nécessité de me tout devoir ; cela diminuerait, affaiblirait ta dignité d'homme. Un homme qui tient tout d'une femme, cela ne convient pas, il me semble ; et il faut en lui bien du courage pour s'y résigner!

— Ou bien de la bassesse d'âme....

— Oh! je n'ai parlé que du courage, parce que, pour toi, il ne peut être question de l'autre supposition.

— Mais si j'étais riche, moi, bien riche, consentirais-tu à me tout devoir?

10...

— Oui, tout ! tout absolument.... et
je suis fière pourtant ! Mais cette idée
de dépendance entière de toi, de toi,
entends-tu, me serait douce ; je voudrais
n'être rien que par toi, n'avoir de valeur que par toi, et avoir besoin de toi,
comme le lierre a besoin de l'arbre auquel il s'attache. »

Un baiser fut la réponse d'Ernest à
ces enivrantes paroles.

« Tu m'aimes ! disait-il avec transport. Tu m'aimes, mon Henriette,
comme jamais encore je n'ai été aimé !...
Mon Henriette, j'ai vu des femmes mettre leur gloire à faire perdre à l'homme
le sentiment de sa propre dignité ; à le
réduire au rôle honteux d'esclave de
leurs mesquines volontés....

— Eh ! bien, moi, dit Henriette avec

vivacité , si tu pouvais oublier que
l'homme est né pour commander ; si tu
pouvais sacrifier à l'un de mes caprices
ce qui est juste et bien , mon amour s'affaiblirait et finirait par s'éteindre ; j'aurais honte d'aimer un être plus faible
que moi , et bientôt.... Mais non, cela
ne sera pas, cela ne peut pas être! Tu
seras toujours digne de mon respect autant que de mon amour! »

Ces entretiens se renouvelaient souvent, et Waller sentait s'augmenter
chaque jour sa tendresse pour Henriette ;
mais elle ne se montrait pas toujours
aussi tendre : naturellement gaie, les
accès de douce mélancolie que donne
l'amour, étaient chez elle de peu de du-
rée, et elle mêlait mille et mille folies aux
expressions d'une affection sans borne.
Quelquefois Waller s'en impatientait,
et alors il boudait ou il se plaignait de

n'être pas aimé autant qu'on le disait,

« Que vous êtes singulier ! répondait
Henriette. Vous voilà tout justement
comme la baronne, et comme les héros
des livres qu'elle m'a fait lire, soupirant,
gémissant, pleurant presque.... Mais,
mon Dieu ! il n'y a pas de quoi gémir et
pleurer. Je t'aime comme une folle, tu
m'aimes aussi ; nous nous voyons tant
que nous voulons, personne ne nous
tourmente, personne ne nous contrarie ;
mon père te chérit ; tu es chez nous toujours le bien-venu ; la baronne t'aime et
t'estime aussi, et elle me dit que je suis
bien heureuse d'avoir si bien recontré ;
je me le dis à mon tour, et je sens en
moi un bonheur qui embellit toute la
nature, une joie qui me suit partout et
m'inspire de la gaîté.... et tu m'en fais
presqu'un crime ; tu ne voudrais pas me
permettre de rire !... Moi, vois - tu, je

ne peux pas toujours soupirer; et puis
en soupirant toujours, je perdrais mes
couleurs, cette fraîcheur qui te plait, et
alors tu m'aimerais moins.... Allons,
tiens, me voilà soupirant comme toi!...
Es-tu content.... mon Ernest ? »

Et les yeux d'Henriette devenaient
languissans; elle se penchait vers Ernest; elle semblait demander un baiser;
pendant quelques instans elle était sérieuse et tendre, et le sang d'Ernest
bouillonnait; il la serrait étroitement
contre son cœur; il voulait qu'elle lui
dît ce qu'elle éprouvait dans ses bras;
qu'elle avouât le plaisir que lui donnaient
ses caresses. Henriette rougissait, se taisait, se détournait avec embarras, et
finissait par s'échapper brusquement;
alors, se tenant à quelque distance, elle
défiait Ernest à la course, et sans l'at-

tendre elle partait; mais si Henriette n'entendait point ses pas dans le fourré, elle s'arrêtait bientôt, revenait vers lui avec une petite mine boudeuse, et, s'asseyant à ses côtés, elle disait d'un ton moitié sérieux, moitié railleur : « Soupirons! soupirons sans cesse et sans relâche! Mon Dieu, que c'est amusant de soupirer! »

Un soir elle accourut toute joyeuse au rendez-vous. « Sa Grâce arrive dans deux jours! » dit-elle à Waller du plus loin qu'elle l'aperçut. « La baronne vient d'en recevoir la nouvelle, et dans huit jours le comte Louis sera ici. Que je suis contente! nous allons avoir des fêtes!... on dansera, on joûtera sur l'eau; il y aura tir à l'arquebuse; tu remporteras tous les prix....

— Ah! le comte Louis revient! dit

Waller en attachant sur Henriette un regard scrutateur.

—Parbleu! ne faut-il pas qu'il revienne enfin?.... Oh! j'ai une envie de le voir!

—D'où naît cette curiosité?

— Comment! mais n'est - elle pas toute simple? Le fils de ma bienfaitrice! notre jeune seigneur!... et puis le pasteur nous en a dit tant de bien!... Ah! à propos du pasteur, j'ai peur, Waller, qu'il ne cherche à vous nuire dans l'esprit de Sa Grâce!

— Et pourquoi cela? Je ne lui ai fait aucun mal.

—Non; mais.... enfin j'ai cela dans l'idée.

— Et s'il y réussit, que ferez-vous?

— Ce que je ferai? je vous défendrai; je dirai....

— D'après ce que je sais du caractère de la comtesse, et de l'empire qu'elle a laissé prendre sur elle au pasteur, je suis perdu dès que j'ai eu le malheur de déplaire à ce dernier.

— Comment perdu?

— Mais oui. Si Sa Grâce juge à propos de me bannir de ses domaines....

— Eh! bien, je m'en irai avec toi!

— Henriette! mon Henriette! est-il vrai?

— Eh! quoi, Monsieur, vous en doutez?

—Non, je n'en doute pas; mais j'ai besoin que tu me le dises.

—Non seulement je te le dis, mais je le ferai. Vois-tu, continua Henriette en se rapprochant de lui, j'ai besoin de toi pour vivre, comme de l'air pour respirer !

—Tu quitterais pour moi, *sans regret,* tout ce que tu as le plus chéri jusqu'à présent?

— Sans regret, oh! non! Tu ne le crois pas, Waller, tu ne peux le croire ni le vouloir !... Mais pourquoi prendre plaisir à faire des suppositions chagrinantes?

—Elles ne sont pas sans fondement. »

Henriette ne répondit rien; ces suppositions en effet n'étaient pas sans fondement, elle le savait : elle avait remarqué qu'à la suite de deux ou trois visites du pasteur au château, la baronne ne s'était pas montrée aussi bien disposée que de coutume pour son Ernest ; le forestier lui-même avait paru sentir l'influence de Sébaldus, qui était venu le voir ; il avait témoigné quelque mécontentement, quelqu'inquiétude même du silence obstiné de Waller sur sa famille, ses liaisons, sa fortune, et il avait regretté hautement d'avoir laissé aller les choses aussi loin, avant de s'être assuré d'abord qu'on n'avait point affaire à un *aventurier* : tel était le mot dont il s'était servi.

Mais ce n'était pas tout : des rumeurs sourdes, des propos singuliers, circulaient dans le village au sujet du jeune étranger. On prétendait l'avoir rencon-

tré dans les environs avec des gens de
mauvaise mine; on assurait que depuis
son arrivée, les braconniers avaient mon-
tré une audace inaccoutumée; on par-
lait encore de vols qui avaient été faits
à quelques lieues de là; et la pauvre
Henriette, qui ne partageait aucun des
soupçons qu'on laissait paraître devant
elle, commençait à prévoir bien des
obstacles à une union dont sa félicité
tout entière dépendait maintenant.

«Ecoute, Waller, dit-elle résolument,
je suis sûre que tu mérites toute ma
tendresse. Voilà ma main! je te jure devant Dieu de n'être jamais la femme de
personne, si je ne suis pas la tienne!

— Henriette, ce n'est point assez.
Jure d'être à moi en dépit de tout!

— Je le jure! » dit Henriette sans hé-

siter ; puis elle se jeta dans les bras d'Ernest, et fondit en larmes.

— Tu pleures ! dit-il avec surprise.

— Oui, je pleure, parce que je pense
au chagrin de mon pauvre vieux père, à
la douleur de la baronne, et aussi à la
colère de ma marraine, si je dois les
abandonner tous pour te suivre !... Ah !
qu'est-ce que c'est donc que l'amour, qui
nous pousse à oublier tant d'affections,
tant de bonté !... C'est égal, je te sui-
vrai.... je te cacherai mes remords ;
tu me verras toujours avec une figure
riante.... Pour moi les larmes ! pour toi
le bonheur !

— Henriette ! » s'écria Ernest d'une
voix altérée, et il la serra plus étroitement sur son cœur.

FIN DU TOME TROISIÈME.

TABLE DES CHAPITRES

Contenus

DANS LE TROISIÈME VOLUME.

Imprimerie de E. CHAIGNET, à Rambouillet.

ÉLISKA,

OU LES FRANÇAIS EN PAYS CONQUIS,

ÉPISODE DE L'HISTOIRE CONTEMPORAINE.

Par Mlle S.-M. Dudrezène,

Cinq Volumes in-12.

LA GRANDE DAME

ET LE VILLAGEOIS.

Par M. H. De Châteaulin,

ANCIEN COLONEL.

Trois Volumes in-12.

33°

BIOGRAPHIE

DES HOMMES REMARQUABLES

DU DÉPARTEMENT DE SEINE-ET-OISE,

Depuis le commencement de la Monarchie jusqu'à ce jour.

Par MM. Daniel.

Un fort Volume in-8°, papier fin.

IMPRIMERIE DE E. CHAIGNET,
A Rambouillet.